キラキラ共和国

小川糸

幻冬舎

キラキラ共和国

装幀　名久井直子
装画　しゅんしゅん
手紙　萱谷恵子

キラキラ共和国　目次

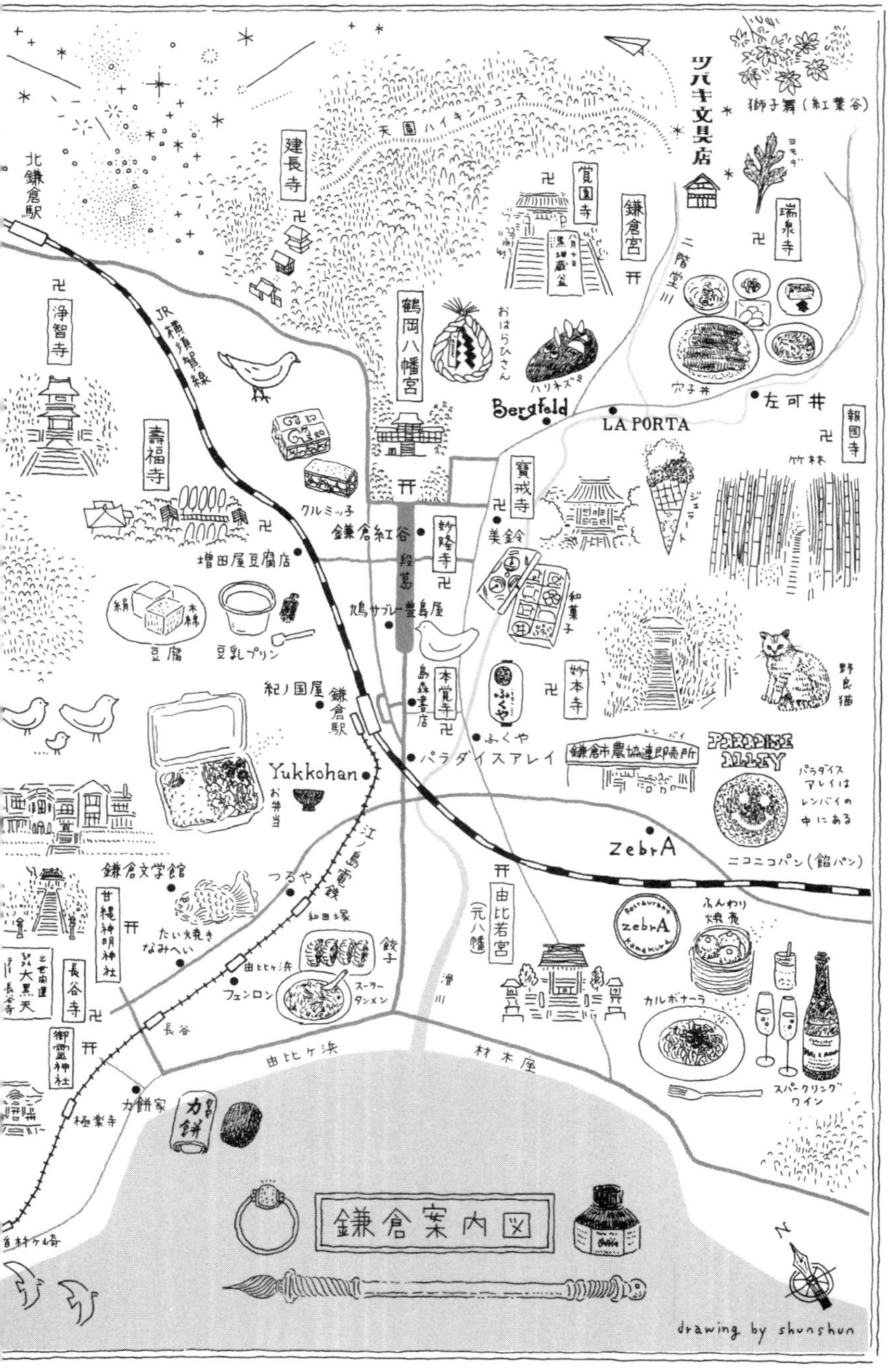

鎌倉案内図
北鎌倉駅
建長寺
天園ハイキングコース
ツバキ文具店
獅子舞（紅葉谷）
ヨモギ
瑞泉寺
覚園寺
八月十日 黒地蔵盆
鎌倉宮
二階堂川
浄智寺
JR横須賀線
鶴岡八幡宮
おはらひさん
ハリネズミ
穴子丼
左可井
報国寺
竹林
Bergfeld
LA PORTA
寿福寺
宝戒寺
ジェラート
クルミッ子
鎌倉紅谷
妙隆寺
美鈴
段葛
増田屋豆腐店
絹
木綿
豆腐
豆乳プリン
鳩サブレー豊島屋
和菓子
野良猫
紀ノ国屋
鎌倉駅
島森書店
本覚寺
妙本寺
ふくや
パラダイスアレイ
鎌倉市農協連即売所
レンバイ
PARADISE ALLEY
パラダイスアレイはレンバイの中にある
Yukkohan
お弁当
ZebrA
ニコニコパン（餡パン）
江ノ島電鉄
鎌倉文学館
つるや
和田塚
甘縄神明神社
たい焼き なみへい
由比若宮（元八幡）
Restaurant zebrA Kamakura
ふんわり焼売
出世開運 大黒天 長谷寺
長谷寺
由比ヶ浜
餃子
スーラータンメン
フェンロン
滑川
カルボナーラ
長谷
御霊神社
由比ヶ浜
材木座
力餅家
力餅
極楽寺
スパークリングワイン
稲村ヶ崎
N
drawing by shunshun

ヨモギ団子

人生には、めまぐるしく変わる瞬間がある。

ミツローさんが私をおんぶしてから一年も経《た》たず、私達は入籍した。知り合った頃は「QPちゃんのおとうさん」という間接的な接し方だったのが、やがて「モリカゲさん」という固有名詞になり、いつの間にか私の中では「ミツローさん」になった。

ミツローさん、と心の奥でつぶやくたび、私の胸にはあまい蜜《みつ》の粒がはじけるようで、なんてミツローさんにぴったりな名前なのだろうと感心する。きっと両親は、生まれたばかりの彼を見て、蜜のように朗らかに生きてほしい、という優しい願いを託したのかもしれない。

でも、声に出す時は、まだなんだか恥ずかしくて「モリカゲさん」と言ってしまう。一方のミツローさんは、私のことを、「ポッポさん」と呼んだり「ポッポちゃん」と呼んだり、たまに「鳩子《はとこ》さん」になったり、「鳩ちゃん」になったり、お酒が入ると「鳩ぽん」とか「鳩ピー」とか、いろいろだ。

やっぱり、ミツローさんもミツローさんで、揺れているのかもしれない。私との距離が、その時々で伸びたり縮んだりしている。

私達は今、八幡様を背にし、段葛《だんかずら》を海の方へ向かって歩いている。真正面からミツローさんの顔を見るのは、少し照れ臭くてつい目をそらしてしまうけれど、横顔をのぞき見する分には目と目が合わない。じっと見ていても、ミツローさんは気づかなかった。

今日から、この人が私の夫なのだ。夫となったミツローさんは、ますます、とても端整なお顔をしている。ミツローさんの鼻は、公園のすべり台みたいに立派だ。

きっとあの時、ＱＰちゃんがふざけて「デート」なんて言葉を発しなかったら、私とミツローさんはこんな関係にはなっていなかったに違いない。まさか、自分が誰かの奥さんになるなんて、一年前どころか、つい三ヶ月前だって、ほとんど想像していなかった。ＱＰちゃんが、私とモリカゲさんをつないでくれた。

私は、ありがとう、の気持ちを込めて、ＱＰちゃんが痛くならない程度に、彼女の手を強くにぎった。

それにしても、たくさんの観光客が八幡様に向かって歩いてくる。そのせいで、なかなか親子三人、並んで手をつなぐことができない。ＱＰちゃんとミツローさんを見失わないようにしなくちゃ。

それは、今この瞬間の段葛での意味でもあるし、もっと大きく、人生という果てしのない道においてもだ。

「それにしても、なんだか味気なくなっちゃったね」

人の波を上手にかわしながら、私はミツローさんに話しかける。

「何が？」

「だから、この段葛」

この道は、源 頼朝《みなもとのよりとも》がマサコさんの安産を祈願して造ったのだ。妻の出産が無事にいくようにという思いだけで、こんなにも長い道を造ってしまうのだから、マサコさんはどれほど夫から愛されていたのだろう。

ただ、今回の補修工事に合わせて、桜の木も植え替えられてしまい、参道にはなよなよとした貧相な桜しかなくなった。しかも、地面をコンクリートで覆《おお》ってしまったので、なんだかふつうの道を歩いているような気分になる。

「確かにこっちの方が、雨が降っても水たまりになったりしないからいいのかもしれないけど」

私が言うと、すでにミツローさんは明後日《あさって》の夕暮れを見つめるような眼差《まなざ》しで、ひょうひょうと歩いている。

補修工事が、先代が亡くなった後に行われてよかった。もしもこんな姿を目《ま》の当たりにしたら、腹を立てて、市長宛に異議申し立ての手紙を長々と書いていたに違いない。先代にとって、段葛は特別な道だった。

そもそも、私が子どもの頃は、段葛を海の方へ向かって歩くことなんて許されなかったのだ。先代が、八幡様におしりを向けるなどもってのほかだとうるさかった。だから、海を背にして八幡様に向かって段葛を歩いたことはあっても、こんなふうに、八幡様を背にして海の方へ歩いたことは一度もない。

でも、私のバージンロードだといえば、八幡様だって許してくれるだろう。それに、八幡様におしりを向けてはいけない、なんて条例を作ったのは先代なわけだし、先代はもういないのだから、もうそんな条例も帳消しだ。

私は、ミツローさんやQPちゃんに出会って、やっとそんなふうに思えるようになった。先代の呪《じゅ》縛《ばく》と言ったら言い過ぎかもしれないけれど、とにかく、そういう蜘蛛《くも》の巣みたいなものから私をすくい取ってくれたのが、ミツローさんであり、QPちゃんなのだ。

「あ、ちょっとレンバイに寄っていいかな？」

「もちろん」

ミツローさんが振り向きながら言う。

「だったら、ニコニコパンも！」

なんとなく眠たげだったＱＰちゃんが、急に元気な声を上げる。ＱＰちゃんは今日、小学校に入学した。慣れないことをたくさんしたから、ちょっとお疲れ気味なのだ。私も今日から、「おかあさん」一年生だ。

「ニコニコパン、食べたい人？」

私がたずねると、三人が全員、はーい、と元気よく手を挙げた。いつの間にか、私達の間では、パラダイスアレイの餡《あん》パンを、そう呼ぶようになっていた。

「でも、これからゼブラに行くから、ニコニコパンは明日のおやつだよ」

私が釘を刺すと、ＱＰちゃんがふてくされたように下唇をにゅーっと突き出し、オバＱみたいな顔をする。私と知り合ってからのこの一年でも、ずいぶん背が大きくなった。

レンバイは朝というか、正確には早朝が勝負なので、夕方だとほとんど野菜は残っていない。大丈夫なのかな、と心配していたら、ミツローさんがニンニクを一玉、手のひらに持って戻ってくる。ずいぶん顔なじみも増えたようで、知り合いに挨拶している姿がたのもしい。ニコニコパンも、無事に三つ買うことができた。

「あったかいよー」

紙に包まれた焼きたてのニコニコパンを、ＱＰちゃんが笑顔で抱えている。

レンバイから近いかと思ったら、ゼブラまで歩くと結構な距離だった。歩道が狭いので、ＱＰちゃんを間に挟み、縦一列になってカルガモの親子みたいにてくてく歩く。

ゼブラのことは、ミツローさんがＱＰちゃんの幼稚園のママ友から聞いてきた。鎌倉在住歴の長い私でも、安国論寺《あんこくろんじ》の近くにそんなお店があるなんて知らなかった。物腰が柔らかくていつもほがらかなミツローさんは、ママ友たちとも打ち解けている。

「こんばんは」

おそるおそるドアを開けると、感じのいいマダムが笑顔で出迎えてくれた。

「予約をしていたモリカゲです」

緊張しながら、名前を告げる。今日から私は、雨宮《あめみや》鳩子ではなく、守景《もりかげ》鳩子になった。ＱＰちゃんとミツローさんのチームに自分も仲間入りできたようで、嬉《うれ》しくもあり、照れ臭くもある。まだ、守景鳩子という自分の名前には慣れないけれど、雨が森になったことで、鳩は喜んでいるような、そんな印象だ。

早めの時間に予約をしたので、まだお店には誰もいなかった。ＱＰちゃんと私が並び、ミツローさんがテーブルを挟んで向かいに座る。厨房《ちゅうぼう》には、マダムのご主人と思《おぼ》しき、いかにもおいしい料理を作りそうな男性が立っている。

「ビールはね、プレミアムモルツと、あと鎌倉の地ビールが二種類あるみたいよ」

メニューを見ながら私が言うと、ミツローさんは、うーん、としばらく考えてから、

「今日はお祝いだから、スパークリングワインを飲もう」

と、威勢よく言う。私はまだ、ミツローさんの貯金残高がいくらあるとか、月々どれほどの生活費で暮らしているとか、そういうことを一切知らない。でも、状況からいってそれほど贅沢《ぜいたく》はできないだろうとは、心得ている。そんなことが、私の表情からじんわり伝わったのかもしれない。

「大丈夫だよ、今日は特別な日なんだから」

澄んだ石のような目をして、ミツローさんが私を見つめる。三十代後半のミツローさんには、ぼちぼち白髪が生え始めている。

「そうだね」

確かに今日という日は、特別だ。ＱＰちゃんが小学校に入学し、それに合わせて私達は入籍した。これからは、家族として共に歩んでいく。新生モリカゲ家の誕生日なのだ。そんな記念すべき日を、盛大にお祝いしないでどうする。

大人はスパークリングワインで、ＱＰちゃんは、季節のフルーツたっぷりスカッシュで乾杯する。

「ＱＰちゃん、小学校入学、おめでとう」

私とミツローさんは、なるべく声をそろえるようにしてゆっくりと言った。すると、

「おとうさん、ポッポちゃん、けっこん、おめでとう」

ＱＰちゃんが、私達の十倍くらい大きな声で叫ぶ。

まさか、いきなりそんなことを言い出すなんて思っていなかったので、私はびっくりして思わず周りを見てしまった。他のお客さんはまだいないけれど、厨房のシェフとカウンターの横に立っていたマダムが、晴れ晴れとした表情で、まるで最初からそのことを知っていたみたいに、小さく手を叩いてくれている。

「ありがとうございます」

シャンパングラスを片手に持ったまま、私とミツローさんは小さくなってお礼を言った。それから、もう一度家族三人向かい合った。

「これから、どうぞよろしくお願いします。まだまだ至らない点が多くて、ふたりにはいっぱい迷惑をかけちゃうかもしれないけど」

今夜はあくまでＱＰちゃんの入学祝いで、こんな展開になるとは思っていなかったのだ。でもさっき、お店のシェフとマダムが私達を祝福してくれている姿を見たら、なんだかものすごく嬉しくなって、ミツローさんと結婚できる喜びが、スパークリングワインの泡みたいに私の胸の内側から湧き上

がり、涙となってあふれてきた。ぐずぐずしていると、

「泡が消えちゃうよ」

ミツローさんがそっとハンカチを貸してくれる。いつもそうだ。肝心な場面で、私は必ずハンカチを忘れてしまう。今日のハンカチからはカレーではなく、ミツローさんそのものの匂いがする。

「かんぱーい」

とうとう待ちきれず、ＱＰちゃんの声が響く。ＱＰちゃんは、ずっと重たいグラスを持ったままだった。スカッシュには、本当にたくさんの季節の果物が入っていて、ゴージャスな宝石箱のようだ。それから私も、お祝いのスパークリングワインを、喉の奥へそっと静かに流し込む。

ミツローさんが、メニューを広げながら言った。

「ここはね、何を食べてもおいしいんだって。中華もあるし、イタリアンもあるから、みんな自分が食べたいものを注文しよう」

それほどアルコールに強くないはずのミツローさんが、すでにグラスの半分以上を飲み干している。メニューを見ると、確かにおいしそうなものだらけだ。マダムが注文を取りに来てくれたので、ミツローさんから順に好きなものを頼む。

「ゼブラサラダと、ふんわり焼売《シューマイ》と、自家製オイルサーディン」

ＱＰちゃんは、

「カルボナーラ！」

私は、あれこれ目移りした挙句に、ようやく決断した。

「小海老《こえび》とクワイの塩炒めレタス包み、それと、野菜たっぷり蟹《かに》あんかけご飯。あと、焼売は三つにしてください」

ついさっき涙を流したのが嘘のように、楽しい気分になっていた。

モリカゲ親子と知り合ってから、私はご飯を食べる喜びを知った。もちろん、それまでだっておいしいものを食べるのは好きだった。でも、同じ料理でも、ひとりで黙々と食べるのと、好きな人達とわいわいやりながら食べるのとでは、味が違ってくる。好きな人とおいしいご馳走を囲むことほど、幸せで贅沢な時間はこの世に存在しない。

「明日は、結婚のお知らせを出さなくちゃ」

最初の一杯を飲み干しながら私が言うと、

「わたしもおてつだいする」

QPちゃんが名乗りでる。

「あ、今、QPちゃん、わたしって言ったよね」

私は思わずミツローさんの方を見た。

「昨日までは、自分のことを、QPちゃんって言ってたのに」

ミツローさんも驚いている。

「そっか、小学生になると、自分のことを、わたしって呼ぶようになるのか」

自分の場合はどうだったのか、さっぱり思い出せない。私も、自分のことを、鳩ちゃん、とか、ポッポちゃん、なんて呼んでいた時代があったのだろうか。先代に聞けば教えてくれるかもしれないけれど、それはもう不可能だ。

私は、ふと思い出して、心の中で先代に語りかけた。

私、結婚しちゃったよ。しかもね、いきなり母親になっちゃった。

するとすぐに、

あ、そう。

そんなふうに生返事をする先代の声が、空から降りてきたような気がした。

先代がまだ生きていたら、ミツローさんのことをどう評価したのだろう。案外ミツローさんだったら、気難しい先代とも自然にうまく付き合って、気に入られていたかもしれない。

料理は、評判通りすばらしかった。どれもこれも、文句なくおいしい。家庭料理ではないけれど、料理人がこれみよがしに作った「どうだ！」というよそゆきの味とも違う。それは、ＱＰちゃんのような子どもからおじいさん、おばあさんに至るまで、誰もが素直においしいと感じるような普遍的な味だった。ＱＰちゃんは、ほぼひとりで、カルボナーラを平らげた。

「おなかがいっぱいだねー」

「さすがに今日は頼みすぎちゃったかも」

「食べきれなかったら、持ち帰りにしてもらおうよ」

ぽってりとした形の土鍋には、まだ蟹あんかけご飯が残っている。

もしも、ミツローさんだけだったら、私は結婚をしていなかったかもしれない。けれど、ＱＰちゃんがいたから、私はミツローさんと結婚した。これだけは、はっきりしている。

私は、ＱＰちゃんと家族になりたかったのだ。そして、私とミツローさんの結婚を誰よりも強く望んだのは、他でもないＱＰちゃんだった。

「少しずつ、ね」

私は、ちょっと酔っていたのかもしれない。でも、頭の芯はしっかりしている。

「すこしずつ？」

私が、何か大切なことを伝えようとしている、ということは、六歳のＱＰちゃんにも伝わるのだろう。ＱＰちゃんが、一心に私の目を見つめている。

「そう、ちょっとずつ、親子になっていこうね。いきなりがんばっちゃうと途中で疲れるから、お互いに無茶をせず」

このことは、結婚することが決まってから、ずーっと考えていた。

きっと先代は、がんばったのだ。私との距離をなんとか縮めようと、がんばってがんばって「先代」になろうとしてくれた。でも、私にはそれが辛《つら》かった。だから私は、がんばらないと決めた。無理やりＱＰちゃんの母親になろうなんて、絶対に思わない。自然に、いつの間にかそうなれるまで、ちょっとずつ距離を縮められればいいと思っている。

せっかくシェフが作ってくれた料理を残したくないので、胃袋の隙間にオイルサーディンをぎゅっと押し込む。ほろ苦い、春の海の味がした。

「今年の夏は、みんなで海に入ろうね」

その時は、お隣のバーバラ婦人も誘ってあげよう。入籍したことは、まだバーバラ婦人にも話していなかった。

もちろん、結婚生活が生易《なまやさ》しくはないことくらい、わかっている。きっとこれから、大変なことが山のようにあるのだろう。結婚なんかしなきゃよかったと思う日だって来るかもしれない。ＱＰちゃんに「嫌い」と言われて落ち込んだり、ミツローさんと喧嘩《けんか》して朝まで泣いたりすることも、ないとは言い切れない。

でも、今日という日があるだけで、乗り越えられそうな気がした。スカッシュにたっぷり入っていた果物みたいに、今日は人生のご褒美みたいな一日だった。

「お店も混んできたし、そろそろ眠くなるだろうから、帰ろっか」

お手洗いから戻ってきたミツローさんが、そのまま帰り支度を始める。テーブルの上のお皿には、まだほんの少し料理が残っているけれど、ほぼ食べ尽くした。

「ごちそうさまでした」

両手を胸の前で合わせて目をつぶりながらつぶやくと、同じようにQPちゃんも、神妙な顔つきでごちそうさまをする。やっぱり、一年前のQPちゃんとは違う。草木が伸びるように、QPちゃんも天に向かって大きく枝葉を広げている。

「ミツローさん」

お店を出てから、ちょっとふざけて私は言った。そう声に出して呼ぶのは、初めてだ。酔った勢いに乗じて、ミツローさんの腕にすーっと自分の腕をからませる。

いい夜だった。海風が、誰かの古傷をいたわるように、優しく優しく吹いてくる。ふだん、海の方にはあまり来る機会がないけれど、海もまたいいと思った。

鎌倉宮でバスを降りてから、私達が家族になったことを護良《もりなが》親王に報告する。いつもは鳥居の下でお辞儀をするだけだけれど、今日は階段を上がって社殿の前に三人並び、せーのでそれぞれお賽銭《さいせん》を放った。それからみんなで鈴を鳴らして、お辞儀を二回。パンパン、と柏手《かしわで》を打ったら、手を合わせたままお参りをする。それからもう一度お辞儀をして、そろそろと階段を降りる。

「おやすみなさーい」

鳥居の下で、ふたりと別れた。

私は左手へ、ミツローさんとQPちゃんは右手へ向かって歩いていく。

今夜くらい一緒に過ごした方がいいのかな、とも思うけれど、私は明日もツバキ文具店を開けなくちゃいけないし、ミツローさんにもお店がある。いつかは同じ屋根の下で暮らしたいとは思いつつ、当面はお互いの家で暮らす方針なのだ。名付けて、ご近所さん別居。まずは負担のない範囲で、お互いの家を行き来することになっている。

「おやすみー」

角を曲がる時、振り返ってもう一度ふたりに声をかける。案の定、やっぱりふたりはまだそこに立っていた。今にも消えてしまいそうな心細い街灯の下で、ミツローさんが必死に手を振っている。

次の日、土曜日の午後をまるまる使って、結婚のお知らせを作った。

文面は、午前中に店番をしながらなんとなく考えていたものの、実際にそれを形にするとなると、気の遠くなるような作業だ。

理由はわかっている。活版印刷を自分でやってみようなんて思いついてしまったからだ。

去年の暮れ、後継者がおらず廃業してしまうという知り合いの印刷所から、ほんの一部だが活字を譲り受けた。その活字を、実際に使ってみようと考えたのである。

が、言うは易《やす》し、行うは難《かた》し。

活字を拾うのがこれほどまでに骨の折れる作業だとは、想像だにしていなかった。

昔の人は、こんなに地道な作業を重ねて本を印刷していたのだ。それを思うと、印刷にかかわっていたすべての人々にひれ伏したくなる。私だったら、一ページどころか、一行も完成させずに、音《ね》をあげていたに違いない。なんて根気のいる作業なのだろう。

手順としては、まず必要な活字を拾う。次に、その活字を文面の通りに並べ、最後にインクをつけて紙に印刷する。ただし、活字はとても細かいし、長く作業を続けていると、だんだん目がしょぼくれてくる。しかも、ふだん目にする文字とは左右反対になっているのでわかりづらいのだ。

最初はきちんと漢字も交ぜてと思っていたけれど、とてもじゃないが、漢字まで集めていたら来年までかかってしまう。

結果として、平仮名だけの挨拶文になった。しかも、余計な文字をそぎ落とせるだけそぎ落としたので、文章が妙に味気ない。

なんだかユーモアに欠けるなぁ、と頭を悩ませていたら、ガラガラガラ、と引き戸が開いて、

「ポッポちゃーん、おやつ食べよー」

ＱＰちゃんが勢いよく入ってきた。いつの間にか、もうそんな時間になっていたらしい。慌てて作業の手をとめて、玄関先までＱＰちゃんを迎えに行く。

「おやつ、また鳩サブレーでいい？」

私がたずねると、ＱＰちゃんがにっこりする。

鳩サブレーは、アルバイトの面接に使う娘さんの履歴書を指南したお礼にと、よく文房具を買いにきてくれる近所のご婦人から一番大きい四十八枚入りの缶をいただいたのだ。自分では食べきれずに困っていたら、ＱＰちゃんが心強い助っ人になってくれた。缶があいたら、ＱＰちゃんの文房具を入れる容器として使おうと計画中だ。

「はい、どうぞ」

コップに、冷たい牛乳をなみなみ注いでＱＰちゃんの前に差し出す。ＱＰちゃんがひとりで遊びに来るようになってから、私は冷蔵庫にいつも牛乳を常備している。鳩サブレーを冷たい牛乳に浸して食べるのが、目下、ＱＰちゃんのお気に入りである。

「ひとくち、くれる？」

まるごと一枚は食べられそうにないけれど、ちょっとだけ甘い物が食べたかった。ＱＰちゃんが、

あーん、と言うので、鳥のひなになった気分で口を大きく開けて待っていると、尾羽の方をひとかけらだけ砕いて口の中に入れてくれた。

確かに、鳩サブレーはおいしい。優しくて、ちゃんと手作りの味がする。だけど、明治時代に発売された当初は、鳩三郎という名前だったなんて、笑ってしまう。三郎じゃ、まるで演歌歌手だ。

「なんか、お絵かきする紙ある?」

あっという間に鳩サブレーを平らげたQPちゃんが、口の周りにかすをつけたまま両手を差し出す。まだ裏が使える紙は、まとめてとってある。戸棚から抜き取って一枚渡すと、QPちゃんは器用に紙を折り始めた。完成したのは、紙飛行機だ。

けれど、なかなか上手に飛ばない。QPちゃんが悪戦苦闘している姿を見ていたら、私もなんだか紙飛行機を作ってみたくなった。おそらく、作り方は幾通りもあるのだろう。私が子どもの頃に作っていたのは、長方形の紙を縦長に置いて、まず真ん中で折ってから、一度広げて、下側の両端を三角形に折るやり方だった。

やっているうちに、なんとなく思い出した。ああでもないこうでもないと行きつ戻りつを繰り返しながら、紙飛行機が完成する。

「できたよ、見て!」

先端がしゅっと尖《とが》っていて、国産旅客機のような紙飛行機だ。

「かっこいい!」

QPちゃんからも、お褒めの言葉をちょうだいする。

勢いよく空中へ押し込むように投げると、ゆらゆらと仏壇のある方へと飛んでいった。なかなか優雅な飛行である。

その紙飛行機を、今度はＱＰちゃんが飛ばす。その様子を見ていたら、不意にアイディアが浮かんだ。

紙飛行機に結婚のお知らせを印刷して、紙飛行機ごと送ってしまおうというのだ。突拍子もない自分のひらめきに、私はひとりで興奮する。

だって、もしもある日、郵便受けに紙飛行機が入っていたら、嬉しくないだろうか。相手はきっと驚くはずだ。そして、その人がほんの少しでも楽しい気分になってくれたら、それが私達からの、ささやかだけれど心のこもったプレゼントになる。

実はさっき、黙々とひとりで活字と格闘しながら、メールにすればよかったと後悔していた。メールだったら、こんなに細かい作業をしなくても、あっという間にメッセージを届けることができる。効率的だし、お金もかからない。こんな不毛なことをしている自分を、つくづく馬鹿だなぁと嘆いていた。でも今は、そんな自分こそ馬鹿だったと嘆いている。

結婚のお知らせなんて、人生でそう何回も直面するわけではないのだ。だから、ここはしっかり、代書屋としての矜持《きょうじ》を掲げたいと思った。

このはる　わたしたちは　かぞくに　なりました
ちいさな　ふねにのり　3にんで　うみへ　こぎだします
どうか　あたたかいめで　みまもって　ください

専用のホルダーが手元にないので、短い文節ごとに活字を束ね、マスキングテープでまとめていく。それを、紙飛行機を広げた時、ちょうどいい位置にくるよう分散させて押す。印字に使うのは、乾きにくい特別な油性のインクである。

最初私は、「かぞくになりました」ではなく、「けっこんしました」という文章を考えていた。けれど、「けっこんしました」にすると、私とミツローさんだけの話になり、QPちゃんのことが伝わらない。あくまでも、QPちゃんを含めて家族三人の船出だ。そこで考え直して、「かぞくになりました」という表現に変えたのである。

しっかりとインクが乾いたら、折り紙の要領で紙飛行機を作る。ただ、そのままではどうしても翼が広がってだらしない紙飛行機になるので、最後に二箇所、ステープラーで留めることにした。

ただし、ステープラーでも、最近は、針を使わないタイプが登場したので、それを使う。針を使うと、指先を刺してしまったり、相手が怪我をしてしまう恐れがあるので、私は極力、針を使うタイプのステープラーは使わないようにしている。

差出人には、それぞれ自分の名前を自分で書くことにした。あとは、紙飛行機が行方不明にならないよう、念のため、差出人の住所も記さなきゃいけない。

紙は、少し張りのある鮮やかな黄色の、A５用紙を使おう。眩《まぶ》しいくらいに黄色い、太陽の色だ。黄色は、希望を感じる色でもある。

黄色い紙は自分で買った記憶がないので、先代がどこかで見つけて保管していたのだろう。紙にある程度の厚みがあるので、きっと長旅にも耐えてくれる。この重さだと、定形外郵便の一番安い料金が適用されるから、百二十円分の切手を貼れば、この形のままポストに投函できる。

切手箱を見たら、百三十円の切手があった。毎年、国際文通週間にちなんで発売されている、歌川《うたがわ》広重《ひろしげ》の東海道五十三次シリーズだ。何よりも、海や山の色が美しかった。家族の船出をお知らせするには、もってこいの切手である。十円分多くなるけど、それはいつもお世話になっている郵便局へのご祝儀ということにしよう。

作業に没頭していたら、いつの間にか夕方になっていた。明日は、日曜日。ツバキ文具店の定休日なので、土曜日の夜はミツローさんのアパートで一緒に過ごすことが、暗黙の了解になりつつある。

まずはミツローさんに見本を見てもらい、これで大丈夫となったら、向こうでも案内状作りの続きができるよう、必要なもの一式を道具箱に詰める。組んだばかりの活字はもちろんのこと、インクパッドや切手、紙、ステープラー、それに念のため、自分の名前を書くための万年筆も持って行く。

静かだと思ったら、QPちゃんは外で紙飛行機を飛ばして遊んでいるのだった。

「そろそろ、おとうさんに会いに行こうか」

後ろから声をかけると、自分自身が紙飛行機になったみたいに両手を広げてパタパタと駆けてくる。ついこの間まで寒い寒いと体をこわばらせていたのが嘘みたいだ。バーバラ婦人のお庭の枝垂桜《しだれざくら》も、もうそろそろ見頃を迎えるだろう。

QPちゃんと、グリコをしながらミツローさんの家を目指した。

QPちゃんばかり勝つので、だんだん姿が見えなくなる。それでも、グー、とかチョキ！　と叫びながら、グリコを続ける。

私には、こんなふうに遊ぶことが許されなかった。だから今、私はQPちゃんと一緒に、もう一度子ども時代をやり直しているのかもしれない。

ふつうに歩いたら十分少々で着く距離を、グリコをしながら三十分近くかけてのんびり歩いた。ミツローさんがQPちゃんと暮らす古いアパートは、坂道の途中に建っている。その一階で、ミツローさんがカフェを営んでいるのだ。

いまだに、経営はかなり厳しい。大家さんが高齢で、破格の家賃だから成り立っているものの、これが小町《こまち》あたりの店だったら、とっくにつぶれてしまっているだろう。それでも、ミツローさんがすごいな、と思うのは、いちいち悲観的になったりため息をついたりしないことだ。穏やかな楽観主義とでも言えばいいだろうか。案外、こういう人の方が、ジャングルの奥地でも、淡々と、そこにあるものだけを食べて生きていけるのかもしれない。

まだ営業中なので、カウンターにいるミツローさんに目だけで軽く合図した。今日は、若い女性の二人組と、男性客が一名いる。

外階段を使って二階に上がり、ミツローさんから渡されている合鍵で中に入った。小さなキッチンに、小さなお風呂と小さなトイレがついた、1DKの部屋だ。二段ベッドで寝たいというQPちゃんの望みを叶えるため、ふたりは二段ベッドの上と下に分かれて眠っている。

やっぱり今日も、お仏壇の扉は閉められていた。寝室にある衣装ダンスの上に、小さなお仏壇が置かれている。いつもそうなのか、それとも私が来るからミツローさんが気を遣ってそうしてくれているのかは、わからない。扉が閉められたままのお仏壇に手を合わせるのもなんだか変な気がするので、結局、手を合わせることはせず、心の中だけで、おじゃまします、とお伝えする。

QPちゃんが、絵本を読んでほしいと言うので、本棚から一冊、本を抜き取って読み始めた。たくさんの猫が出てくるお話だった。少し難しい内容なので、QPちゃんが退屈しているんじゃないかと様子をうかがったら、本人は真剣な眼差しで猫の絵に見入っている。

途中から、QPちゃんが私の体にもたれかかった。柔らかくて、温かくて、ほんのり甘い匂いがして、QPちゃんは作りたてのすあまみたいだ。

夜、店じまいを終えたミツローカフェで、家族三人、遅めの夕飯を食べる。春は、釜揚げしらすの季節だ。白いご飯に、こぼれそうなくらいたっぷりとしらすをかけて食べる。お味噌汁は、かきたま汁。ミツローさんが、ランチで残った鶏のつくねを出してくれたけれど、しらすだけで満足してしまい、なかなか箸《はし》がのびない。

しらすご飯にも、一年前のQPちゃんはマヨネーズをかけて食べていた。けれど、さすがにそれは子どもの体にどうなのだろうとミツローさんと話し合い、まずは市販のマヨネーズから手作りのマヨネーズに切り換えた。

手作りのマヨネーズなんてハードルが高そうだけど、実際にやってみるとすごく簡単で、材料は卵黄と油とお酢、そこに塩を加えて味をととのえるだけだった。それを、私は市販のマヨネーズケースにわざわざ移してQPちゃんに食べさせた。その方が、きっと安心するだろうと思ったのだ。油は、健康のことを考えて、いつもオリーブオイルを使う。

ミツローさんと付き合うようになって、私の暮らしは少しずつ変化している。特に変わったのは食生活で、それまではほとんど外食で済ませていたのが、自分で作るようになった。ひとりで食事をする時でも、前だったらお財布だけ持ってパッと自転車に飛び乗っていたのが、最近はまず、冷蔵庫の扉を開ける。そして、パパッとパスタを茹《ゆ》でて、ソースをからめたりして家で食べる。ミツローさんやQPちゃんに出会う前の私だったら、考えられない。

その方が経済的だというのもある。けれど、それよりも何よりも、私はQPちゃんの体のことを一番に考えるようになった。QPちゃんに、安心して、安全なものを食べさせたいと思う。

料理の腕は、まだまだ発展途上ではあるけれど、以前と較べたら、格段に進歩した。とにかく私は、QPちゃんがご飯をおいしそうに食べている姿を見ているだけで、胸が満たされる。極端な話、それだけで、もう自分のおなかがいっぱいになってしまうのだ。

後片付けをしながら、ミツローさんに結婚のお知らせのことを相談した。結婚式の予定はないので、お知らせだけはきちんとしておきたいという希望は、ミツローさんの方から先に出ていた。

紙飛行機でというアイディアは、最後に話した。もしかしたら反対されるかもしれない、とほんの少し危惧《きぐ》していたからだ。ミツローさんはたまに、変なところで保守的だったりする。物事の99パーセントに対しては柔軟に対応するけれど、残りの1パーセントに関しては頑《かたく》なまでに意地を通す。だから、案内状は四角くなくっちゃ、なんて言い始めるかもしれないと思っていた。けれど、そんな心配は取り越し苦労だった。

「すべて、プロにお任せします」

ミツローさんは、残ったご飯にしらすを混ぜて手際よくおにぎりにしながら、静かな声で言った。余ったご飯は、おにぎりにしておいて翌朝焼いて食べるのが、モリカゲ家の伝統なのである。

翌日、焼きおにぎりとお味噌汁で朝ご飯を済ませたら、さっそく作業を開始する。

「ミツローさん、私、QPちゃんの順に名前を書いてね」

まずは、流れ作業で署名をすることにした。婚姻届にサインした時からうすうす気づいてはいたけれど、ミツローさんは、その佇《たたず》まいというか雰囲気に似合わずかなりの悪筆だ。

「おとうさんの字、きたなーい」

私が指摘するまでもなく、QPちゃんが顔をしかめる。

「ごめん、ごめん」

ミツローさんは素直に謝ったけれど、どんなに枚数を重ねても、似たりよったりの署名が続く。でも、字にその人のすべてが反映されるわけではない。そのことは、カレンさんの一件で、私も重々承知している。

あの時、カレンさんは自分の字を「汚文字《おもじ》」と言ったけれど、そうじゃない。字は、きれいとか汚いとか上っ面の問題ではなく、いかに心を込めて書くかだ。血管を血が流れるように、筆跡にその人の温もりや想いが込められれば、それはきっと相手に伝わる。私はそう信じている。

「一文字一文字、心を込めて書けば大丈夫よ」

私は、「子」という字をゆっくりと書きながらつぶやいた。

ミツローさんに苦言を呈したＱＰちゃんはというと、たくましく、愛用の筆鉛筆で「はるな」と書いている。どの署名も、鏡文字にはなっていない。

ミツローさんと相談し、小学校に上がる前、がんばって練習した成果だった。まだたまに鏡文字が飛び出すけれど、以前ほど頻繁ではなくなった。自分の名前に関しては、もう完璧《かんぺき》に正しい向きで書くことができる。

矯正すべきかそのままにすべきかは、ミツローさんと真剣に話し合った。ミツローさんは子どもの頃、左利きだったのを無理やり右利きに直された経験がある。そのため今でも、たまに右か左かわからなくなって混乱するのだという。だから、ＱＰちゃんの鏡文字も自然に直るのを待ちたいというのが、ミツローさんの考えだった。

でも、と私は反論した。左利きは自分が困るだけでそんなに人に迷惑をかけないけれど、文字は、相手に何かを伝えるための手段でもある。伝わらなくては意味がないのだから、鏡文字も、今のうちに直した方がいいのではないか。それが、私の意見だった。最後はミツローさんも納得して、ＱＰちゃんは正しいひらがなの書き方をマスターした。

ミツローさんの下に、自分の名前を書く。「鳩」という字を書くたびに、先代がこの名前に込めた想いを想像した。鳩は、もしかすると翼に何かを託されて運んでいるのかもしれない。そう思ったら、鳩子という名前が愛おしくなってくる。自分の名前をこんなふうに感じるのは初めてだった。

すべての案内状に署名を終えたミツローさんは、すぐにお店に行って開店の準備を始める。あとは、私とQPちゃんでできるところまでやるつもりだ。

QPちゃんが熱心に紙飛行機を折ってくれたので、思いのほか作業がはかどった。次から次へと、黄色い紙飛行機が誕生する。

けれど、そこからがまた、大変なのだ。

宛名を書いてから切手を貼るか、切手を貼ってから宛名を書くかで悩んでしまう。最後の最後に切手を貼った方が、無難というのは確かにある。だってもし最初に切手を貼ると、うっかり宛名を間違えてしまった時、切手を剥《は》がす手間が増える。

それでも、先代の場合は、いつも先に切手を貼っていたのを思い出した。その方が、宛名のバランスをとりやすいし、宛名を間違ってはいけないという緊張感が生まれるからだと話していた。

「どうしよっかー」

隣にいるQPちゃんに声をかけたら、

「そろそろ、おなかすいてきたー」

電池の切れた人形みたいに、QPちゃんがバタッとテーブルに体を伏せる。

「ごめんごめん」

すっかり作業に没頭し、時間が過ぎるのを忘れていた。QPちゃんに何が食べたいかたずねると、パン！　とのこと。

「よし！　じゃあベルグフェルドにパンを買いに行こう！」

ミツローさんがふだん使っているママチャリのサドルの位置を下げ、QPちゃんにヘルメットをかぶらせる。QPちゃんはもう、ママチャリの後ろには乗りたがらない。ママチャリに乗るのは私だけで、QPちゃんは自分専用の自転車を乗りこなす。

「車に気をつけてね」

本当はバス通りを行く方が早いけれど、交通量が多いので、少し遠回りをして荏柄《えがら》天神の前を通って裏道を走った。何度も振り返りながら、QPちゃんが無事に来ているかを確認する。QPちゃんに万が一のことがあったら、私はこの先、生きていけない。QPちゃんのことが心配で、満開の桜を見上げる余裕なんて少しもなかった。

ベルグフェルドの隣のソーセージ屋さんでカニクリームコロッケふたつとハムとソーセージを買い、ベルグフェルドでバーガーハウスふたつと、ソフトロールふたつ、小トースト、それにミツローさんの好きなプレッツエルを買う。

私にとってベルグフェルドは、子どもの頃、あこがれの店だった。先代が甘いお菓子、とりわけ洋菓子を食べさせてくれなかったので、余計にその想いが募ったのだ。

中でもハリネズミは、長い間、片想いの相手だった。今から思うと恥ずかしさと申し訳ない気持ちでいっぱいだけれど、小学生の私はよく、学校帰りに外からじーっとショーケースを凝視していたものだ。その視線の先には、いつもチョコレートがけのハリネズミがいた。

「ポッポちゃん、ハリネズミさん、いるよ」

以前、QPちゃんにそんな話をしたら、店の前を通るたびにハリネズミがいるかどうかを教えてくれるようになった。

大人になってからようやく口に入れたハリネズミのケーキは、想像していた味とは違っていた。でも、ハリネズミを見てしまうとついそれにしたくなって、なかなか他のケーキを選べないのが今の私の悩みの種だ。

「今日は大丈夫。だって、あとでおやつ作るでしょ？　でも、QPちゃんがおやつに食べたかったら、ケーキも買うよ」

こんなに甘やかしていいのかな、こういうことが言えるのは本当の母親じゃないからかもしれない、そんな考えがふと脳裏をよぎっていく。でも、だからといって厳しく接すれば本物の母親になれる、というわけでもないだろう。そのことはすでに、先代が実証しているではないか。

「おやつ作るから、今日はいいの」

少し考えてから、QPちゃんが返事をする。日曜日の午後は、一緒におやつを作ることになっているのだ。私は極力、自分がしてほしかったことを、QPちゃんにはしてあげようと決めている。

ミツローさんの家に帰ってから、手早くサンドウィッチを作った。冷蔵庫に残っていたポテトサラダを出し、胡瓜《きゅうり》を刻んで、レタスを盛る。カニクリームコロッケは揚げたてを買えたので、そのままテーブルに出す。ソーセージは、フライパンでかりっと焼けば完成だ。あとはそれぞれ好きな具をはさんで食べる。

私は、サンド用に焼かれたバーガーハウスを開いて、そこにソースをかけたカニクリームコロッケだけをはさんだ。かりっとした衣の間から、磯の香りのするホワイトソースがとろりと顔を出す。

「おいしいねー」

ため息まじりに私が言うと、

「おいしいよー」

QPちゃんも、両足をバタバタさせながら悶絶《もんぜつ》した。QPちゃんは、バーガーハウスに焼いたソーセージをはさんでホットドッグにして食べている。

結局、先に切手を貼ることにした。自分の都合を考えれば最後に貼った方が気が楽にはなるけれど、相手のことを思ったら、先に貼ってバランスを見ながら宛名を書いた方が、美しい紙飛行機を届けることができる。私が、住所と名前を間違えずに書けば済むことなのだと、カニクリームコロッケサンドを食べながら、簡単なことに気づいた。

「QPちゃん、切手を貼るのをお願いしていい？」

食後、散らかったテーブルの上を拭きながら私がたずねると、

「はーい」

QPちゃんは元気よく手を挙げた。

まずは、私が一枚、切手を貼る位置の見本を作る。

QPちゃんはその見本を見ながら、慎重に一枚ずつ切手をとって、舌の上にのせている。切手の裏についている成分は、酢酸ビニル樹脂とポリビニルアルコールと呼ばれるもので、毒性はないという。私も子どもの頃、切手をぺろっとなめて貼るのが好きだった。だから、QPちゃんの気持ちはとてもよく理解できる。だけど、大人になった今はそんなにおいしいと思わないし、一枚や二枚ならまだしも、何十枚もなめていてはやっぱり体に何らかの悪い影響が出るんじゃないかと不安になる。

「あんまりなめない方がいいんじゃない？」

一応言ってみるものの、QPちゃんには聞こえないらしい。子育てでは、まーいっか、とあきらめることも大切だと、以前ミツローさんが話していた。だから私も、まーいっか、でやり過ごす。

それにしても、切手を考案した人はすごい。切手を使った郵便制度が世界で最初に確立したのは、イギリスである。

それまで、郵便料金は受け取る方が払わなくてはいけなかった。けれど、その料金というのがとても高額で、貧しい人たちは郵便物が届いても、料金が払えないので受け取らずにそのまま返していたというのだ。

そういう人たちは、送り主と事前に暗号などを決めておいて、封筒を開けなくても、封筒を太陽にかざすだけで、送り主からのメッセージを受け取る術《すべ》をあみだしていた。たとえば、丸がかいてあれば元気、バッテンがかいてあれば具合が悪い、というようなものである。そうすれば、わざわざ郵便料金を払わなくてもいいというわけだ。

けれど、せっかく郵便物を届けたのにそのお金をもらえないのでは、仕事として成り立たない。この問題をなんとかしようと立ち上がったのが、ローランド・ヒルだった。今でこそ「近代郵便制度の父」とうたわれるローランド・ヒルだが、もとは庶民だったそうだ。彼こそが、郵便料金の前納という仕組みを考えた人物なのである。こうして、一八四〇年、イギリスに切手を使った郵便制度が確立した。

そして、イギリス留学中にその仕組みを見て感銘を受けた前島密《ひそか》という人が、日本に戻ってから、日本にも同じような仕組みを確立させたのである。一円切手の肖像になっているあのおじいさんが、前島密さんだ。日本で近代郵便制度が始まったのは、明治四年（一八七一年）、今から百五十年近くも前のことになる。

「ローランド・ヒルさんと、前島密さんに感謝しないといけないね」

私は、最後の紙飛行機に切手を貼りながらつぶやいた。あとは、私が宛名と住所を書いて郵便局の窓口まで出しに行けば、人から人へと手渡しされて、相手先の郵便受けまで紙飛行機が飛んでいく。その過程を想像するだけで、わくわくした。

興奮した面持ちでパンティーがツバキ文具店にやってきたのは、桜の花びらが迷いなく散る夕間暮れのことだった。

「私、ついにレディ・ババを目撃しちゃったよ！」

パンティーは、早口で言った。

「えっ、どこで？　私も会いたい！　今、鎌倉に来てるの？　もしかして、横浜アリーナでライブがあるとか？」

私は思わず身を乗り出した。なんといっても、ガガ様は一時期、私の人生の師匠だったのだ。

「小町通りを歩いてたのよ。でもポッポちゃん、勘違いしてない？　ガガじゃなくて、ババだよ。最近、目撃情報が多発してたんだけど、私もやっと見ちゃった、レディ・ババ」

「レディ・ババ？」

「そう、レディ・ババ。後ろ姿は、レディ・ガガそっくりなんだけど、前から見るとババなんだってー。えー、ポッポちゃん本当に知らないの？　鎌倉では、今いっちばんホットな話題なのに」

パンティーが意外そうな目で私を見る。

「ごめん、私いろんな情報にうといから」

言い訳するように小声で言う。

「ガガ様だったら絶対に会いたかったなぁ」

私には策がなくてガングロにしかなれなかったけれど、本当は、ガガ様みたいになりたかったのだ。好きな服を着て、好きな化粧をして、好きなように、誰の目を気にすることもなく生きたかった。それを体現しているのが、レディ・ガガ、本名ステファニー・ジョアン・アンジェリーナ・ジャーマノッタだった。

「ポッポちゃんが、ガガファンだったなんて、想像できない」

パンティーが、きょとんとしている。

確かに今の私だけ知っている人から見たら、かなりかけ離れているのはわかっている。でも、私にとってはいまだに特別な存在だ。

ガングロ時代、どこにも居場所がなくて悶々《もんもん》と街をさまよっていた時、耳に押し込んだイヤホンから大音量で流れていたのは、いつだってガガ様の曲だった。歌っている意味なんかわからなくても、この歌は私の歌だと何の疑いもなく信じられた。

先代と取っ組み合いの喧嘩をするのも、たいていはガガ様が原因だった。私が夜中にCDをかけていると、決まって先代が鬼の形相で止めにきたのだ。

だから、もしも会えるのなら、あなたの歌に救われたのだと、一言でいい、ガガ様に伝えたかった。でもどうやら、鎌倉に出没しているのは本物のレディ・ガガではなく、レディ・ガガ似のレディ・ババだという。

「一見の価値はあると思うよ。ある意味、本物よりすごいかも」

パンティーはそう力説するけれど、どんなに後ろ姿が似ているからといって、中身が違うババになど、私は全く興味がない。

「どうせ偽者でしょ」

思わず、突き放すように言ってしまった。

「あ、それより、届いたよー、紙飛行機。結婚おめでとう！」

パンティーがいきなり話題を変える。

「驚いた?」

なんとなく照れ臭くて、素っ気ない返事をする。

「驚いた、って言ってあげたいところだけど、予想通りの展開って感じだね。ミッチーと隠れて付き合ってるつもりだったかもしれないけど、お嬢さん、バレバレでしたよー」

そうだったのか。さすが鎌倉、壁に耳あり、障子に目あり、隠し事ができない土地柄なのだ。

「わたくし、一児の母になりました」

おどけた調子で私が言うと、

「先輩」

パンティーが、意味深な発言をする。驚いて、えっ、と見返すと、

「今ね、妊娠三ヶ月」

うんと声をひそめて、私の耳元でささやいた。

「おめでとう!」

思わず、パンティーの体をぎゅっと抱きしめてしまった。それで今日は、いつにも増して、パンティーのボヨンボヨンが目立つのかもしれない。

男爵とパンティーの子どもって、いったいどんな顔になるんだろう。私とミツローさんの結婚より、パンティーの妊娠の方がずっとずっとビッグニュースだ。

「でも、しばらくはまだみんなに内緒ね」

パンティーが人差し指を口の前に持ってきて、私の目をじっと見る。

「誰にも言わない」

私は約束した。誰にも、の中には、もちろんミツローさんやQPちゃんも含まれている。代書屋と

して大切なことは、守秘義務を徹底することだと、先代から叩《たた》き込まれていた。その教えは、今も私の深いところにしっかりと根付いている。

少年がツバキ文具店に現れたのは、世の中がゴールデンウィークに入る直前の、ある晴れた日の午後のことである。

「こんにちは」

おなかの底から寄り道せずに声になったような、まっすぐな声がする。顔を上げると、野球帽をかぶった少年が立っていた。

「はじめまして、僕、鈴木《すずき》タカヒコといいます。ちょっと代書の相談にのってもらいたくて、北鎌倉から来ました。

えーっと、雨宮鳩子さんで間違いありませんか?」

見た目の印象よりも、ずっとしっかりしている。あともう少しで、声変わりしそうな声だった。

顔も手足も、よく陽に焼けている。だから、私は最初、タカヒコ君の目が見えないことに全く気づかなかった。けれど、どうやらタカヒコ君は視力をすでに失っている。さっき、タカヒコ君が何かを探るようにしながら机の角に触れている姿を見て、そうだと気づいたのだ。

「こちらに、どうぞ」

私は椅子を出した。

けれど、どうぞと言われても、果たして椅子の場所がわかるのだろうか。こんな時、とっさにどう手伝ってあげていいのかわからなくなる。急に体を触られたら、逆にびっくりしてしまうかもしれない。

「えーっと、なんとなく声のする方に歩いてますから、大丈夫です」

私の動揺が伝わったらしい。タカヒコ君が、落ち着いた声で言った。

商品の置かれた棚と棚の間をゆっくりと進みながら、タカヒコ君が私の方へと向かってくる。椅子に腰かける時だけ、ほんの少し介助した。

「ありがとうございます」

タカヒコ君は、とても礼儀正しい少年だった。

「今、何か飲み物を用意してきますね。タカヒコ君は、冷たいのとあったかいの、どっちがいいかしら？」

私からの問いかけに、タカヒコ君は少し考えてからしっかりとした口調で言う。

「水をくれますか？　今、ずっと歩いてきたので、ちょっとだけ喉が渇いています」

私はなんだか、大人の人と話しているような気持ちになった。

「氷は入れる？」

「二、三個、入れてもらっていいですか？」

タカヒコ君が水に口をつけてから、私は改めてたずねた。

「さてと、どんなご依頼でしょう？」

タカヒコ君は、まっすぐに私の目を見て言った。

「僕、おかあさんに手紙を書きたいんです。もうすぐ、母の日なので、カーネーションと一緒に、手紙をおくりたくて。

僕は、ほとんど目が見えません。読むのは点字を使っているし、何かを伝えたい時は話して伝えます。だから、文字が書けなくても、ふだんはそんなに困りません。でも、おかあさんには、ふつうの子どもみたいに、手紙を書いてみたいんです」

タカヒコ君を見ているだけで、タカヒコ君のおかあさんがどんなに彼を愛情たっぷりに育てているかが伝わってきた。

「タカヒコ君は、おかあさんに、どんな手紙を書きたいの？」

私からの質問に、えーっと、とつぶやいてから、

「毎日、お弁当を作ってくれて、ありがとう、かな。あ、あと、」

タカヒコ君が、そこまで言って言葉を濁す。

「あと、なあに？」

優しく問いかけると、しばらくしてからタカヒコ君は妙にもじもじしながら言った。

「おかあさんが、僕のおかあさんで、よかった、って」

私は思わず泣きそうになってしまった。タカヒコ君は、顔を真っ赤にしている。

おかあさんが、僕のおかあさんで、よかった。

そんなことは、人生の晩年を迎えたり、親を失ってから、やっとそういう心境になれるのがふつうなんじゃないだろうか。私だって、先代が自分の祖母でよかったと思えたのは、先代が亡くなってからだ。タカヒコ君は、この若さで、もうそんな大事なことに気づいている。

「おかあさんは、優しい？　どんなおかあさんか、教えてくれますか？」

タカヒコ君みたいな少年が息子だなんて、おかあさんはたまらないだろう。

「おかあさんは、怒るとめっちゃくちゃ怖いです。でも、ふだんは優しくて、夏になると、河原にメダカをとりに連れて行ってくれたり、あと、バーベキュー行ったり。でも、いくら僕の目が見えないからといって、いきなりほっぺにチューとかするのは、ちょっと勘弁《かんべん》してほしいけど」

タカヒコ君が、ぶっとふてくされる。きっとおかあさんは、こんなタカヒコ君が愛しくて、思わずチューをしてしまうのだろう。

「視力は、どんな感じ？」

こんな質問をしても、タカヒコ君ならきっと大丈夫だという確信があった。

「太陽の明るさと、夜の暗さは感じることができます。だから、明るい場所にいると、世界が明るくなるんです。おかあさんは、あんまり日向《ひなた》にいると日射病とか熱中症になるんじゃないかって心配するんですけど、僕は太陽の下にいるのが好きなんです」

タカヒコ君の言葉通り、タカヒコ君には太陽に育てられたみたいな、ゆるぎのない健全さがあった。

「タカヒコ君、私、ひとつご提案があります」

背筋を伸ばして、私は言った。きっと、タカヒコ君には、すべて見えているのだ。何も見えないということは、すべてが見えている、とも言えるのかもしれない。だからきっと背筋を伸ばす私の姿も、心の目には映っているに違いない。

「私が代書することは可能です。でも、今回は、タカヒコ君が自分で書いてみたらどうかと思いました。そのお手伝いを、私がするというのは、どうですか？」

何よりも、タカヒコ君本人の字がプレゼントになると思ったのだ。

「僕が？　自分で手紙を!?」

タカヒコ君にとっては、予想外の提案だったらしい。

「もちろん、タカヒコ君が自分で書けないところは、私が責任をもってサポートします。そんなに長い手紙ではないし、少し練習すれば、タカヒコ君も書けると思うの」

しばらくして、タカヒコ君は、わかりました、と静かに答えた。

この日は、手紙に書く文章を決めるまでの作業をやった。タカヒコ君の希望は、なるべく漢字を使うことと、字を小さくして書くことだった。平仮名を大きな字で書くことは、できるらしい。でもそれだと、子どもが書いたみたいで嫌なのだと、小学六年生のタカヒコ君は主張した。

年相応の手紙を書いて、母親にかっこいい自分を見せたいというタカヒコ君の男気を垣間見るようで、私はすっかり、タカヒコファンになってしまった。

タカヒコ君には明日もう一度ツバキ文具店に来てもらい、一緒に練習してから本番の手紙を書くことになった。

タカヒコ君を見送ってから、ぼんやり外を眺めていた。

木漏れ日の中で、蝶が飛んでいる。飛べることが、楽しくて嬉しくて仕方ない、とでもいうように、蝶は、ふわりふわりと宙を舞う。まさか自分が誰かに見られているなんてつゆほども思わずに、ただただ一心に踊っている姿が美しかった。

今、ここに生きている幸せを、全身で表している。

蝶も、タカヒコ君も、ＱＰちゃんも同じだ。生きものとして、生きている。

ツバキ文具店には、レターセットのコーナーがある。以前はなかったが、去年の春くらいから、少しずつ大人向けの商品も並べるようになった。もちろん、中には小学生でも使えるようなかわいいレターセットもあるけれど、大半は大人っぽいデザインのものを揃えている。

あなたは代書屋なんだから、みんなが自分で手紙を書くようになったら商売が成り立たないんじゃないの、とある時、筆ペンを買いに来たマダムカルピスに言われたことがあるけれど、そんな心配はご無用だ。それよりも、私は世の中から郵便ポストがなくなってしまうことの方が怖い。誰も手紙を書かなくなったら、郵便ポストだって撤去されてしまうかもしれないのだ。携帯電話の普及によって、公衆電話がじわりじわりと数を減らしていったみたいに。

タカヒコ君は、どんな便箋《びんせん》を選ぶのだろう。かわいいのだろうか、それともシンプルなのだろうか。想像しながら、商品の上にそっとはたきをかけていく。

先代の押し入れから出土したアンティークの地球儀は、非売品として店に飾っていたのだが、どうしても譲ってほしいというお客に懇願《こんがん》されて、今はもうここにない。あいたスペースに、ガラスペンとインクを並べている。ツバキ文具店の商品の中で、もっとも高額なのがそのガラスペンだ。日本人の若い作り手によるもので、佇まいが凜《りん》としていて、目にするたびに背筋が伸びる。

「こんにちは」

昨日とほぼ同じ時間に、タカヒコ君がやってきた。

ツバキ文具店の入り口に立ち、野球帽を一度ぬいでから律儀にお辞儀をする。そして、いきなり、

「これ、どうぞ」

ツツジを一枝差し出した。

「家の庭に、咲いていたんです。匂いでわかりました。色は、何色ですか？」

「とってもきれいな、オレンジ色」

「あー、よかった」

タカヒコ君が、にっこり笑う。こんなことをされてしまったら、私はますますタカヒコファンになってしまう。気温がぐんぐん上がっているので、暑かったのだろう。タカヒコ君のこめかみを、つーっと汗が流れ落ちる。

「どうもありがとう。今、冷たいお水を持ってきますね」

タカヒコ君にはいったん椅子に座ってもらってから、私は急いで冷蔵庫から冷えた水を出してきた。もらったツツジは、コップに活け、台所に飾っておく。

「まずは、便箋を選びましょう」

冷たい水を一気飲みしたタカヒコ君に、声をかける。

午前中のうちに、あらかじめ店にあるレターセットの中から、今回使われそうなものを選んでおいた。それらをタカヒコ君の前に並べる。

タカヒコ君の手に渡し、一枚ずつ、紙の質感と大きさを確かめてもらった。描いてある絵や罫線《けいせん》の有無については、私がなるべく具体的に言葉で説明する。

タカヒコ君は、何度も何度も、便箋の表面を手のひらで撫《な》で、指先で大きさなどをチェックしている。タカヒコ君は記憶力がとてもよくて、一度した説明は、すべて完璧に覚えていた。

タカヒコ君が最後までどっちにするか迷っていたのは、左上に三羽の鳥のイラストが描いてある少し不規則な形をした便箋と、裏が地図になっているドイツの便箋だった。

もう一度、タカヒコ君がドイツの便箋に手のひらを当てる。それはまるで、そこから何か大切なものを感じとっているかのような仕草だった。

「これって昔、実際に地図として使われていた紙なんですよね？　どんな場所の地図なのか、教えてもらえますか？」

タカヒコ君が、おごそかな声で言う。

「えーっと、川と山がのっているみたい」

私が地図を見ながら答えると、

「山？」

便箋に手のひらを当てたまま、タカヒコ君が顔を上げる。それからタカヒコ君は、山そのものに触れているみたいなうっとりとした表情をした。そして、決断した。

「これにします。おかあさん、山登りが好きだったんです。外国の山にも登ったことがあるって、言ってました。でも、僕が生まれてから、なかなか登れなくなっちゃって。僕としては、もっとたくさん旅行に行ったり、してほしいんですけど。それに、こっちだと、鳥が三羽しかいないから、妹がふくれるかもしれないし」

そう言いながら、タカヒコ君は鳥のイラストの便箋に軽く触れた。

「うちは四人家族だから、やっぱり鳥は四羽いた方がいいかな、って。それでいいですか？」

「もちろん」

私は言った。こんなにもじっくりと、いろんな人の気持ちを考えて便箋を選べるなんて……。タカヒコ君は、なんて紳士なんだろう。私は、タカヒコ君の練習用に、何枚か、便箋と同じ大きさの紙を用意した。

それから、タカヒコ君を外の机へと案内する。その方が書きやすいんじゃないかと思って、ふだんは中に置いて使っている古い机を、外に出して準備していた。

「あぁ、ここに光がある」

タカヒコ君は、両方の手のひらで光を包み込むようにしながら、つぶやいた。

何でもないことのようにさらりと言ったけど、それはまるで、詩人が発した、とても深い意味を持つ言葉のようだった。

タカヒコ君は手のひらの光を抱っこするようにしながら、ニコニコ笑っている。本当に太陽が好きなのだ。太陽の下でなら、何もかもが見えるように感じるのかもしれない。

平仮名と片仮名、基本的な漢字に関しては、おとうさんが教えてくれたそうだ。お風呂教室、とタカヒコ君は言った。お風呂に入って、まずはおとうさんがタカヒコ君の背中に文字を書き、それを覚えて今度はタカヒコ君がおとうさんの背中に文字を書く。それを繰り返しながら、一文字ずつ、練習したのだという。だから、タカヒコ君が便箋に手紙を書くのも、それほど難しいわけではない。

最初は、私がタカヒコ君の手にそっと手を重ねて一緒に書いて練習する。もう、書く内容はタカヒコ君の頭の中に入っている。

四枚も練習すると、タカヒコ君はほぼ自力で字が書けるようになった。書いているうちにだんだん字が大きくなってしまうので、そういう時だけ、私がそっと助言する。

「そろそろ、本番の便箋に書いてみる？」

私がたずねると、タカヒコ君はこくんとうなずいた。太陽が沈む前に、書き上げたい。私はもう一度、鉛筆を削り直した。それから、少しだけ先を丸くしてタカヒコ君の右手に握らせる。

「いい？」

タカヒコ君の肩にそっと手のひらをのせると、タカヒコ君は緊張した面持ちで、深呼吸を二回繰り返した。私は、そのままタカヒコ君の肩に手をのせ続ける。

手のひらから、タカヒコ君にエールを送った。そして、タカヒコ君が道に迷いそうになる時だけ、鉛筆を持つタカヒコ君の手にそっと自分の手を添えるようにした。

タカヒコ君は、まぶたの裏でいちいち確認するように、一文字ずつ丁寧に書いては、太陽の方へ顔を向ける。おとうさんがお風呂場でタカヒコ君の背中に書いてくれた文字の筆跡を、記憶の底から呼び寄せているのかもしれない。

その様子はまるで、タカヒコ君が太陽の神様と独特の言葉で会話しているようだった。

おかあさんへ

いつも、おいしいお弁当を作ってくれて

どうもありがとう。

おかあさんが僕のおかあさんで、

よかったです。

おかあさん、これからはたくさん

山に登ってください。

あと、ひとつだけお願いがあります。

僕は、来年、中学生です。

ほっぺのチューは、卒業したいです。

多巣比古より

鉛筆を置いた瞬間、タカヒコ君の肩がゆっくりと沈み込んだ。練習ではなかなかうまく書けなかった「僕」や「願」や「業」といった複雑な漢字も、本番ではかなり上手に書けている。

「タカヒコ君、すっごくきれいに書けているよ」

頭の中で、きちんと紙の大きさと文章の量を計算していたのだろう。下が極端に余ることもなく、いい位置に名前が収まっている。

「タカヒコ君の名前、すてきだね」

私がほめると、タカヒコ君はただ恥ずかしそうに微笑《ほほえ》んでいた。

便箋を二つ折りにして、封筒に収める。

「はい、どうぞ」

私が手渡すと、

「おいくらですか？」

タカヒコ君が、椅子から立ち上がりながら質問した。

けれど、こんな仕事に値段などつけられるはずがない。逆に私の方が、タカヒコ君に感謝の気持ちとしてお礼を渡したいくらいだ。

「じゃあ、レターセットのお金だけ、いただきます。

百円、いや、五十円でお願いできますか？」

「そんな……」

タカヒコ君が絶句する。

「おかあさんに、きれいなカーネーションをプレゼントしてあげてください」

私が言うと、

「ありがとうございます」

タカヒコ君は素直にそう言って、お財布から五十円玉を取り出す。穴にリボンを通してメダルにしてほしいくらいの、名誉ある仕事だった。


私はかつて、一度だけ、先代に母の日のプレゼントをしたことがある。今のQPちゃんと同じ、小学一年生の時だった。

スシ子おばさんからもらったお年玉で、赤いカーネーションを買ったのだ。私は当然、先代が喜んでくれるだろうと期待していた。けれど、結果はさんざんだった。

私からカーネーションを手渡された先代は、その花をしばらく見つめてから、こう言い放った。

「私は、ナデシコの方が好きだね。

バカのひとつ覚えみたいにさ、母の日にはカーネーションを贈りましょう、なんて、花屋の戦略に踊らされているだけだよ」

そして、ラッピングされたカーネーションを私の手に突き返しながら、こう続けたのだった。

「返しておいで、そんな品のない花にお金を払って、もったいないだけだから。それに、どうせ枯れるんだし」

それからは、泣いた記憶しかない。近くの花屋さんまで、私は泣きべそをかきながら歩いた。そして、泣きながら事情を説明した。

お店の人も、ただごとではない空気を理解してくれたのだろう。カーネーションのお金を返してくれた。今でも、その花屋さんの前を通ると、あの時の苦い記憶を思い出して切なくなる。

けれどあの時、先代が私の後をつけていたなんて、知らなかった。イタリアの文通相手、静子さんに送った手紙の中にそのことが書いてあったのだ。

あの時、あんなことを言ってしまって悔やんでいると、先代は綴《つづ》っていた。カーネーションをもらえるなんて、思っていなかったらしい。驚いて、ついいらないなんて口走ってしまったけれど、本当は嬉しかった。その嬉しさを誤魔化すために、恥ずかしさを隠すために、思わず言ってしまったという。

結局、先代にカーネーションを贈ったのは、人生でたった一度だけだった。

以来私と先代は、毎年母の日がくるたびに、まるでそんな日など最初からないかのように、知らないふりをしてやり過ごした。

そんなことがあったので、私はどうも母の日というものが苦手だった。世の中が、母の日、母の日、と盛り上がるたび、自分だけが取り残されているような気分になる。母の日にカーネーションを贈れない人の気持ちなんて、存在してはいけないのだろう。

だけど、本当はとてもすてきな日なのだということを、タカヒコ君が教えてくれたのだ。


ゴールデンウィークは、てんてこ舞いの忙しさだった。鎌倉は毎年そうだけれど、今年は特に観光客が多かった。

ツバキ文具店にも、たくさんお客さんが来てくれた。ふだんは閑古鳥《かんこどり》が鳴いているというのに、どうしたというのだろう。ひっきりなしにお客さんが現れては、あれやこれやとたくさん商品を選んでいく。

嬉しい反面、いつもはゆっくりと流れているツバキ文具店の空気が、台風の渦《うず》に呑《の》み込まれていくような不安もあった。それに、お互い忙しくて、ミツローさんに会えないのが切ない。その分、毎晩のように電話で長話をしたからよかったけど。

近くに住んでいるのに、なんだか遠距離恋愛みたいだ。

バーバラ婦人がひょっこりツバキ文具店に現れたのは、ゴールデンウィーク最終日の夕方だった。さすがにみなさん、明日から仕事があるのだろう。そろそろ、鎌倉の熱狂的な賑《にぎ》わいも落ち着いてきた。

ここ数日、あまりにもたくさんの人に接したので、頬っぺたと目の周りの筋肉が、若干筋肉痛のようになっている。頭も疲れていたので、甘いレモンティーでも飲もうと用意している時だった。

「ポッポちゃーん、いますかー？」

のびやかな、バーバラ婦人の声が響いた。

「今、行きまーす」

急遽《きゅうきょ》、ポットに二人分のお湯を入れる。

お茶の道具をそろえて急ぎ足で店に戻ると、ふわふわのワンピースに身を包んだバーバラ婦人が立っていた。

「お久しぶりです」

本当に、久しぶりだった。

この前バーバラ婦人に会ったのは、まだ冬の頃だった。寒い日で、一緒に大町《おおまち》まできしめんを食べに行ったのだ。けれど、その後私も結婚が決まったりしてバタバタしていたし、バーバラ婦人で、長い間家を留守にしていた。

「ごめんなさいね、ご無沙汰《ぶさた》しちゃって」

「いえいえ、またボーイフレンドとご旅行に行ってるのかなぁと思ってました」

「まぁ、そんなところね。でも、今回は女一人旅だったのよ」

「えっ、お一人でですか。かっこいいですねー」

私が言うと、バーバラ婦人がおもむろにポケットから紙飛行機を取り出す。

「これ、見つけちゃった」

乱気流の中を飛んできたのか、翼が少し破けている。それから、

「おめでとう。

幸せになってね」

バーバラ婦人が穏やかに言った。

「ありがとうございます。

幸せになります」

私はぺこっとお辞儀した。

なんだか、どんな人から祝福されるよりも、バーバラ婦人からそう言ってもらえることが、一番しんみりした。

「ポッポちゃんなら、きっとうまくやっていけるわ」

人生の酸いも甘いもたっぷり味わっているだろうバーバラ婦人が、そんなふうに言ってくれているのだ。ミツローさんやＱＰちゃんと幸せな家庭を築くことが、バーバラ婦人への最大の恩返しだと思った。

「紅茶がはいりました」

ティーカップに紅茶を注いで、バーバラ婦人の前に差し出す。

それから、いつも通りの世間話になった。

ミツローさんやQPちゃんと家族というつながりで結ばれるのももちろんいいけれど、私にとってはそれと同じくらい、バーバラ婦人との関係も大切だ。結婚しても、先代の残したこの古い家に住み続けているのは、そういう理由もある。

「ポッポちゃん、お疲れなのね？」

帰り際、バーバラ婦人に聞かれてしまった。

「そうかもしれませんねぇ」

自分でそのことを認めたら、どっと体が重たくなる。

「よく、フランス人が、サヴァ？　って、相手に聞くでしょ。元気？　ってことなんだけど、たいていは、ウィー、って答えるの。でも、本当に元気じゃない時はね、ノン、って正直に言っちゃっていいんですって。

そりゃ、そうよね。ずーっと元気な人なんていないんだもの」

「お元気ですか？　って聞かれて、いいえ、って答えるのは、勇気がいりますけど、でも言っちゃったら、自分は楽になれるのかも」

私は言った。

「とにかく、疲れている時は眠るのが一番よ。無理をすると、必ずそのツケがまわってくるから、私はもう、無理をしないって決めたの。

ポッポちゃん、おいしいお紅茶、ありがとう。

私も、疲れたから家に帰って寝ることにするわ」

バーバラ婦人が店を出るのを待ち構えていたかのように、表でオバサンの声がする。見ると、藪《やぶ》椿《つばき》の下から、中腰の姿勢でじーっとこちらの様子をうかがうオバサンがいた。

今年になってからたまに顔を見せるようになった、この界隈《かいわい》の地域猫である。オバサンと名付けたのは、ミツローさんだ。

「オバサン、おいで」

私は、駆け足で台所に行き、冷凍庫に入っていた煮干しを持ってきた。そして、オバサンの方に手を伸ばす。

警戒心の強いオバサンは、なかなか近づかない。

仕方なく文塚の前に煮干しを置くと、しばらくしてからオバサンが、忍者のような早業で煮干しを一匹かっさらっていく。

いろんな場所で、いろんな名前と餌を与えられているのだろう。オバサンは、おなかまわりがかなりふっくらとしている。

オバサンが、夜を告げにきたらしい。

私は素早く店じまいをし、そのままソファの上で丸まった。眠りは、すぐに訪れた。

なーつーもーちーかづくー　はーちじゅう　はちやー
のーにーもーやーまにもー　わーかばーが　しげるー

八十八夜から遅れること数日、土曜日の午後、小学校から帰ってきたQPちゃんとお茶の新芽を摘《つ》む。なんと、庭にお茶の木があったのだ。そのことを私は、先代が静子さん宛に書いた手紙で知った。

それでも、どの木かずっとわからずにいた。

どれがお茶の木かを教えてくれたのは、ミツローさんである。ミツローさんは四国の山奥で生まれ育ったので、自然に関する知識が豊富だ。せっかくお茶の木があるのだから、新茶を作ってみようとひらめいたのである。

「上の方の、三枚だけを上手に摘んでね」

それぞれ笊《ざる》を手にし、お茶の新芽を摘み取っていく。

冬の間に栄養を蓄えたお茶の新芽にはたくさんの成分が入っていて、不老長寿のお茶といわれている。これまで、お茶は買うものとばかり思っていた。

ただ、芽を出して間もない、いってみればお茶の赤ちゃんを摘み取るのは、なんだかとっても心苦しい。先端の芽の部分と、その下にぴょこんと広がる葉っぱはまだとても柔らかくて、太陽の下に出られた喜びを、全身で表すように輝いている。

そんなお茶の赤ちゃんを、私とＱＰちゃんは片っ端から摘んでいるのだ。私がお茶のおかあさんだったら、悲しくなってしまう。だから、心の中で、ごめんね、と、ありがとう、を繰り返した。

手遊びの好きなＱＰちゃんは、さっきから茶摘み歌を口ずさんでいる。茶摘み歌の手遊びは、ＱＰちゃんに教わってマスターした。でも、手の動きを覚えるだけで精いっぱいで、なかなか歌詞まではきちんと頭に入っていない。

「もうそろそろ、終わりにしよっか」

私の笊も、ＱＰちゃんの笊も、お茶の新芽でいっぱいになっている。

台所に戻ってから、先代の手紙でお茶の作り方を確認する。

家にお茶の木があったことも知らなければ、先代が自分でお茶を作っていたことも、私は全く知らなかった。

静子さんへ

こちらは日に日に風が冷たくなり、そろそろ、お茶の花が咲く季節となりました。静子さんは、お茶の花をご覧になったことがありますか？ 私は、お茶の花が大好きです。秋になると、白くて小さい、椿みたいな花が咲くんですよ。

おいしいお茶を作るためには、葉っぱが大事ですから、花は切ってしまった方がいいんですってね。でも、私はなかなかそれができません。かわいくて、つい甘やかしてしまうんです。

イタリアにも、お茶の木はありますか？ もし見つけたら、ぜひ作ってみてください。発酵させる手間はかかりますが、紅茶だってできますよ。でも私は日本人なので、やっぱり緑茶党ですが。

忘れないうちに、作り方をざっとメモしておきます。

来春、機会があったらぜひ！　自家製の新茶の味は格別ですヨ。

《お茶の作り方》

一、一芯二葉をつむ

二、洗わずに、セイロで少量ずつ蒸す。（だいたい30秒から1分の間）

三、いい香りがしたら火を止め、笊に広げてウチワであおぐ

四、フライパンで空煎りする（弱火でじっくりと）

五、ある程度水分が飛んだら、まな板の上に移して、両手でもむ

（火傷に注意！）

六、四と五を交互に繰り返して、完全に水分を飛ばす

七、乾燥させて、できあがり

カシ子

先代の書いていた手順に従い、蒸したり空煎《からい》りしたり、もんだりする。もむ作業はさすがに熱いので、QPちゃんは見学だ。手のひらが真っ赤になるのを我慢しながら、茶葉を押しつぶすようにしてもんでいく。

途中からQPちゃんは飽きてしまい、外に縄跳びをしに行った。その音を聞きつけたバーバラ婦人がQPちゃんに声をかけ、今は、バーバラ婦人の家で遊んでいる。バーバラ婦人とQPちゃんは、大の仲良しだ。

「せっせっせーの、よいよいよい!」

また、手遊びをしているらしい。私は、ふたりの歌声に合わせるようにして、フライパンの中の茶葉を木べらで動かす。もう、お茶はかなりサラサラしている。気がつけば、家中にふくいくとした香りが広がっていた。

明日は、ヨモギを摘みに行って、QPちゃんとヨモギ団子を作ろうと約束している。自家製の煎茶は、その時までお預けだ。

翌日、ミツローさんの家で朝ご飯を食べてから、QPちゃんとふたりでヨモギ摘みに出かけた。ヨモギは、探すまでもなく、瑞泉寺《ずいせんじ》の方へ向かう坂の途中にたくさん生えていた。なるべく、芽が出たばかりの初々しいヨモギを選んで摘み取る。

それから今度は私の家に戻ってスパゲティーナポリタンを作った。そして午後から、QPちゃんとヨモギ団子を作り始めた。

土鍋であずきを炊きながら、隣のコンロでヨモギを湯がく。みるみるお湯が、深い緑色になった。春を凝縮したかのような、爽《さわ》やかな香りが膨らむ。森の中にいるみたいだ。

ときおり、開け放った窓から、柔らかな風が舞い込んだ。裏山では、のどかにウグイスが鳴いている。まだ美声にはほど遠いものの、きっと夏を迎える頃には、うまく鳴けるようになっているに違いない。

子ども用のエプロンに三角巾をかぶったＱＰちゃんは、ご機嫌な様子でさっきから鼻歌を歌っている。エーデルワイスだ。ＱＰちゃんは、楽しい時や嬉しい時、決まってこの歌を口ずさむ。本人はきっと、自覚していない。無意識に、歌ってしまうらしい。もしかすると、ＱＰちゃんのおかあさんが、ＱＰちゃんが幼い頃、歌ってあげていたのかもしれない。

私は、ＱＰちゃんのエーデルワイスを聞きながら、笊に上げたばかりのヨモギをぎゅっと搾《しぼ》って、ざっくりと刻んだものを、すり鉢の中に入れた。

「手伝ってくれますか？」

ＱＰちゃんにすり鉢をおさえてもらおうと声をかけると、

「わたしがやる」

そう言ってすりこぎを持つ。こん、こん、こん、とＱＰちゃんはまるで餅つきのように両手ですりこぎを持ってすり鉢の底にあてた。なんでも、自分でやってみたい年頃なのだ。そこに、白玉粉と絹ごし豆腐を加え、途中からは直接手で混ぜていく。

あずきが炊き上がるのを待ってから、ふたりで種を丸めた。両方の手のひらを合わせるようにして転がしていく。最後に少し平べったい形にし、中央を親指で凹《へこ》ませる。そうしておいた方が、中までよく火が通るらしい。

熱湯の中に丸めた種を沈めると、少しして、ふわりふわりとお湯の表面に浮かび上がってきた。

ＱＰちゃんが、また自分もやりたいと言うので、踏み台の上に立たせ、網じゃくしを手渡す。

「浮かんできたら、すくってね」

私が声をかけると、ＱＰちゃんは真剣な眼差しで一心に鍋の中を見つめている。去年の夏の金魚すくいと、同じ顔をしているのがおかしかった。

きっと、こんなふうに日曜日をべったり一緒に過ごせるのも、やがて減っていくのだろう。仲よしの友達ができれば、友達と遊ぶ方が楽しくなる。もうお菓子なんて作らない！　一人で作れば、なんて、突き放される日が来るかもしれない。

自分だってそうだった。だからこそ、今この瞬間を当たり前と思わずに、つねに、神様に感謝するような気持ちで過ごそうと思う。

バーバラ婦人に声をかけたけれど留守のようなので、ふたりだけでおやつを食べることにした。

昨日作った煎茶を急須に入れ、うやうやしくお湯を注ぐ。蒸らしている間に、ヨモギ団子を白い小皿に取り分けた。鶴の模様が浮かび上がった、元八幡様のお正月にもらえる小皿である。

とととと、と急須から湯呑み茶碗にお茶を注ぐと、えもいわれぬ奥深い香りが立ち昇った。空気までもが、淡い緑色に染まっていく。

「いいねぇ」

ため息まじりに私がつぶやくと、

「いいねぇ」

ＱＰちゃんも同じように目を細めてうっとりする。それからふたりで、神妙にいただきますをした。

まずは一口、煎茶を飲む。

脳裏に浮かんだのは、先代が好きだと書いていた、お茶の花の姿だった。その煎茶は、まるで花のような味がしたのだ。ほんのり甘くて、角のない丸い味だった。

「おいしいわぁ」

しみじみとつぶやくと、

「お団子もおいしいよ」

口いっぱいにヨモギ団子を頬張りながら、QPちゃんがつぶやく。

「ちゃんとよく噛《か》んで食べて」

母親みたいな口調になった。QPちゃんが、泥んこ遊びをする要領でしつこくこねたのがよかったのかもしれない。ヨモギ団子はむっちりしていて、あんなに簡単に作れるのが信じられないほど、複雑な風味をかもし出している。力強い、大地の息吹そのものの味だった。煎茶もヨモギ団子も、こんなに身近なところで材料が手に入るとは驚きだ。

夕方、QPちゃんはリュックにミツローさんへ渡すヨモギ団子のお土産《みやげ》を入れ、てくてくと小さな足取りで帰っていった。

また、明日から一週間が始まる。まだ日曜日は終わっていないのに、もう次の日曜日が待ち遠しかった。一週間かけて、次のおやつを何にしようか考えるのがまた、楽しくもある。

ミツローさんと結婚して、よかった。

郵便受けに切手の貼られていない封筒を見つけたのは、翌朝のことだった。いつものように、表を掃除して、文塚の水を取り替えてから、ふと郵便受けの方を見ると、中に何か入っている。もしかして、と思って取り出すと、やっぱりQPちゃんからだった。

QPちゃんとの文通はしばらく続いていたが、ここ半年ほどはお休みになっていた。やっぱり待ちきれず、その場で立ったまま開けてしまう。上手にうさぎのシールを剝がすと、中から手作りのカードが出てきた。

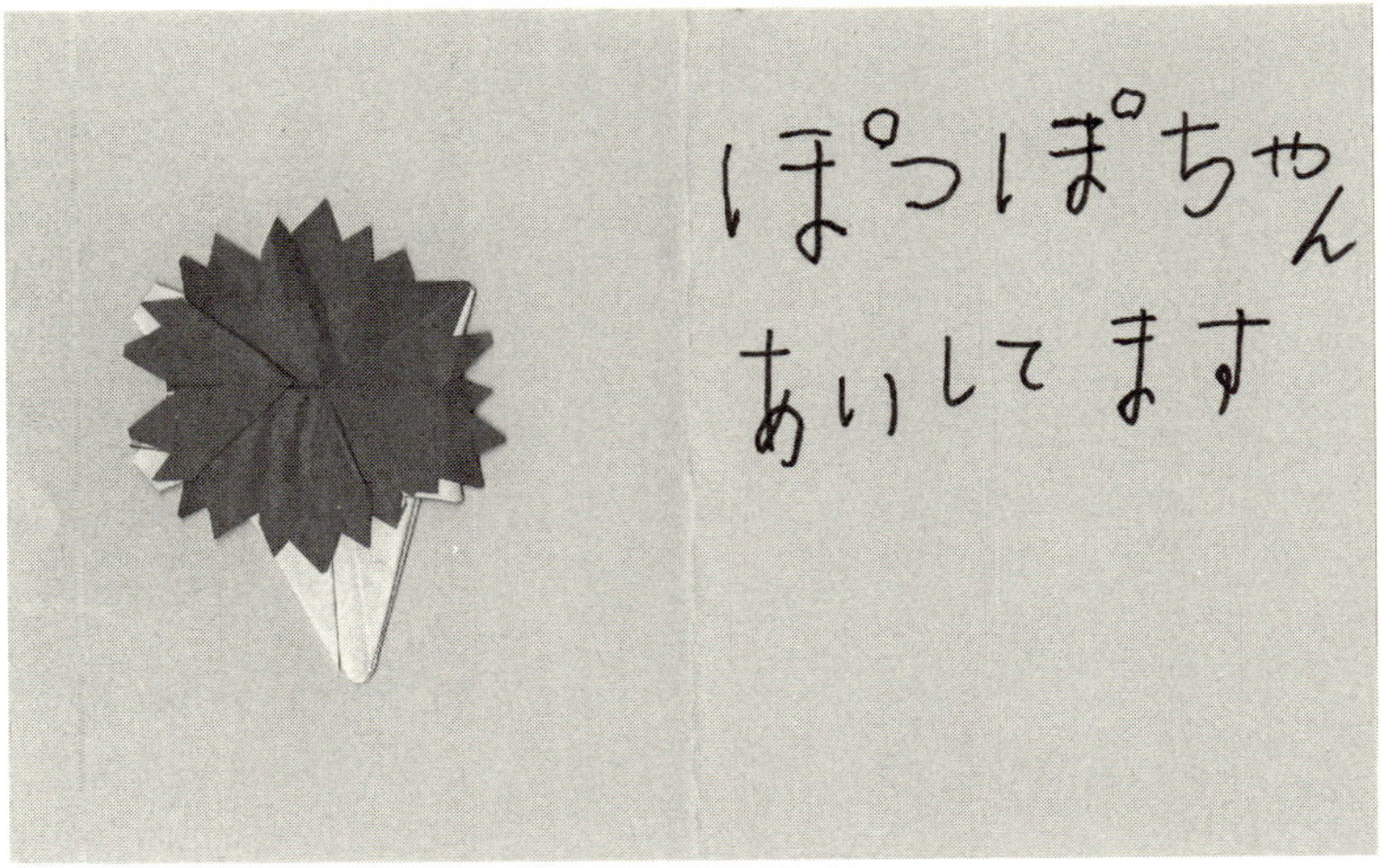
ぽっぽちゃん
あいしてます

愛なんて言葉、どこで覚えてきたのだろう。カードの左半分には、折り紙で作ったカーネーションが貼られている。

思わず、涙がこぼれてしまった。私のことを、ちゃんと「母親」というジャンルに含めてくれていることが、嬉しかった。そっか、昨日は母の日だったのだ。

あまりにも嬉しいので、QPちゃんにもらったカードを、自慢するように仏壇の横に飾った。もう、これだけで生きていける。ほんのちょっとのおかずでご飯がたくさん食べられるみたいに、このカードさえあれば、これから先、どんなに苦しいことがあっても、日々をつなぐことができる。そう思った。このカードは、私の人生最強のおかずなのだと。

ふと見ると、バーバラ婦人の家の紫陽花《あじさい》が、もう色づき始めている。ぼんやりしている暇はないのだ。まぶたをしっかりと上げて見ていないと、人生のシャッターチャンスを見逃してしまうかもしれない。

イタリアンジェラート

横須賀線の線路沿いに、白いタチアオイが咲いている。私が子どもの頃は、もっとたくさん花が咲いていた。あるおばあさんが、毎年きれいに咲かせていたのだ。けれど、おばあさんの姿を見かけなくなってから、花の数が少なくなった。それでも、白いタチアオイはおばあさん亡き後も、こうして毎年けなげに花を咲かせている。

思い切って、この六月からツバキ文具店の定休日を一日増やし、月曜日も休みにした。つまり、土曜日の午後から、日曜日、月曜日はお休みとなる。もちろん、その分収入が減るから安穏とはしていられないけれど、持ち家だから、なんとかやっていけるだろう。

週末はミツローさんやＱＰちゃんと一緒にいたいし、買い物などをしようにも、鎌倉は人がいっぱいで身動きがとれない。

見ていると、月曜日はそんなにお客さんも来ないし、他のお店も、月曜日をお休みにしているところが結構ある。

それに、休みとはいえ、遊びほうけるわけではない。家のことをしたり、店のことを考えたり、代書仕事に集中する時間も必要だ。

最近、代書を依頼しにやって来る新規のお客が増えたのだ。こう見えても、するべきことは山ほどある。

そんなこんなで、月曜日の朝、自転車に乗って開店と同時に島森書店に駆け込んだ。新しい筆を買うためだ。

駅前の島森書店は本屋だが、一角に文具コーナーが設けられている。文具店の店主が文房具を買いに行くのもおかしな話だけれど、ツバキ文具店に筆ペンはあっても、筆そのものの用意はもうない。はっきりとした理由はわからないが、ある時期から、先代が置くのをきっぱりとやめてしまったのである。

急いで買いに来たのには訳がある。今日から、QPちゃんがお習字のお稽古を始めるのだ。

私が、六歳の六月六日から書道を始めたように、QPちゃんも、筆で字を書いてみたいと言い出した。私が習字をしている姿を何度か見るうち、興味を持ったらしい。

私自身は、特にQPちゃんに習字をやってほしいとは思っていなかった。むしろ、バレエでも水泳でもそろばんでも公文でも、なんでもいいから好きなことをしてほしかった。けれど、QPちゃん自らが習字をやりたいと希望したのだ。QPちゃんにとって、今日が六歳の六月六日なのである。

せっかく駅前まで自転車で来たので、足を延ばしてユッコハンでお弁当を買った。以前は一軒家で営業していたが、近くのマンションの一階に場所を移した。

ユッコハンのことを教えてくれたのは、バーバラ婦人である。月、火、水しか営業しないので、本日、晴れて買いに来ることができた。それまでは、時たまバーバラ婦人が買ってきたのを分けてもらっていた。

豚の生姜焼きに鯖《さば》の青のり揚げ、鶏とズッキーニのケチャップ炒めに、野菜の煮物。キャベツとトマトのクリームチーズサラダなんてのもある。

大皿に盛られた料理の数々を見ていたら、思わずおなかが鳴ってしまった。空腹時にこんなご馳走を見るのは、酷だ。あまりにたくさん種類があってどれにするか決めかねるので、店主のおまかせで詰めてもらった。

紀ノ国屋に寄っていつもの京番茶を一袋買い、そのまま八幡様の方へ向かう。知らない間に、ずいぶん新しい店が増えている。

家に着いてから、朝淹《い》れた京番茶を温め直して、お弁当を食べる。食べながら、今日中に仕上げなくてはいけない代書のことを考えていた。


その女性がツバキ文具店に現れたのは、先週の金曜日の閉店間近の時間だった。一目見て、すぐに代書のお客だとわかるほど、葉子《ようこ》さんと名乗る女性の顔は張り詰めていた。いや、正確には般若《はんにゃ》のような顔だった。無表情の奥深くで、かげろうのように静かな怒りがゆらめいていた。

「夫からの手紙を書いてほしいんです」

無表情のまま、葉子さんは言った。

どこでもない、宇宙の真っ暗闇を呆然《ぼうぜん》と見つめているような眼差しだった。葉子さんのご主人は、少し前に他界したという。

「とにかく、本当にひどい夫でした。家庭のことなど一切かえりみず、自分の好きなことだけをやっていました。

まだ幼い子どもがいるのに、会社のアルバイトの女性に手を出してクビになって、その時から、私がパートをして家計を支えていたんです。挙句に、交通事故で自分だけさっさと死んでしまいました。最後の最後まで、本当にダメな人でした」

葉子さんは淡々と話した。時おり、訴えかけるような目で私を見つめる。

「私、全然泣けないんです。

夫が死んだっていうのに。本当は、もっと悲しみたいんです。

でも、夫への怒りがおさまらなくて、悲しむこともできません。目の前に夫が現れたら、思いっきり殴ってやりたいくらいです」

葉子さんの胸のうちを想像すると、やりきれなくなる。

「ご主人からの、どんな手紙がほしいんでしょう」

私は、葉子さんの気持ちを乱さないようそっと問いかけた。

「謝ってほしいんです。

あの人が、ちゃんと自分の非を認めてくれたら、それだけでいいんです。

もうすぐ四十九日がきます。それまでに解決しないと、私はこの先、生きていけないような気がするんです。

今は、苦しくて苦しくて、夜も眠れません」

葉子さんは、本当に苦しそうだった。

「ご主人の写真はお持ちですか？」

私がたずねると、これがありました、と言って葉子さんは封筒からパスポートを取り出した。

「手元に主人の写真が見つからなかったので、遺影も、これにしたんです」

仕事で海外に行くことが多かったのだろうか。ページをめくると、たくさんの判子が押されている。

最後の「所持人記入欄」には、ご主人の、少し眉間《みけん》に皺《しわ》を寄せながら書いたような几帳面な字で、氏名と住所、電話番号が記されていた。その下の、「事故の場合の連絡先」には葉子さんの名前が書かれている。

「ここだけ、コピーを取らせていただいてもいいですか？」

私が神妙にたずねると、

「もう必要ありませんから、このまま置いていきます」

葉子さんが突き放したような口調で言う。

「わかりました。では、お預かりしますね」

それから少し、ご主人とのなれそめなどをうかがった。けれど、葉子さんは最後まで、お茶に口をつけることはなかった。

私には、あまりの怒りのせいで、本来の葉子さんががんじがらめに支配されて身動きがとれなくなっているように思えてならなかった。

この手紙を、私は今日中に書かなくてはいけない。一刻も早く葉子さんを怒りから解放してあげるために。


「ただいま!」

QPちゃんが帰ってきたので、私はいったん、頭の中を切り替えた。

「おかえりなさーい」

玄関に行くと、黄色い帽子をかぶったQPちゃんがたたきの真ん中に立っている。ワインレッドのランドセルは、QPちゃんにはまだかなり大きい。

「学校はどうだった?」

私からの問いかけに、

「給食にね、今日はナシゴレンが出たよ!」

目下、QPちゃんにとって一番のお楽しみは、給食の時間なのである。

畳の部屋に長机を出し、お稽古の準備をととのえた。互い違いにふたり並んで正座をし、まずは墨を磨《す》る練習から始める。

筆以外の道具は、すべて私からのお下がりだ。否応《いやおう》無く、先代との稽古を思い出してしまう。QPちゃんが、あの頃の自分の姿と重なった。

「心を落ち着かせながら、墨を磨るの」

ふだんは私が何か言ってもふざけてばかりいるのに、今日は黙々と墨を磨る作業に没頭している。まだ子どもなので力が足りず、墨はなかなか黒くならない。途中で何度か、お手伝いしようか、と声をかけたものの、自分でやると頑なに墨を握りしめる。ようやく黒くなった頃には、QPちゃんの右手がすっかり真っ黒に染まっていた。

一度手を洗い、再び正座し、いよいよ筆を持つ。筆だけは、新しい方がいいと思って買ってきたのだ。QPちゃんの後ろに立ち膝の格好になって、彼女の右手にそっと自分の右手を重ねる。そこから一気に、丸を書く。

先代の場合は、こういう教え方ではなかったような気がする。最初から、小さい丸の練習をした。でも私は、半紙いっぱいに書く大きな丸が好きなのだ。

気持ちいいし、達成感がある。それにどんな人が書いても、それなりに見えるところが丸のいいところだ。

一度手をそえただけで、QPちゃんは見事に丸をマスターした。

「天才だね」

私がほめると、QPちゃんはますます鼻息を荒くする。私も横で、久しぶりにお稽古をすることにした。

まずは、半紙に自分の名前を書いてみる。

守景鳩子

これから先の人生で、何千回、何万回と書くのだろう。そのたびに、少しずつ守景鳩子としての輪郭が濃くなっていく。

もちろん、不安もある。だって、ミツローさんと出会ったのだって、たまたまだ。たまたま私がミツローさんの営むカフェに入ったから、知り合いになった。こんなふうに、目の前にあるものだけで幸福を積み上げてしまっていいのかな、と思う。けれど、だからといって、世界中の人と知り合って、話したりデートしたりして「世界で一番」を選ぶなんて不可能だ。私の場合は、たまたまが必然になって、今、こうしてQPちゃんと習字をしている。

小筆に持ち替え、今度は小さく自分の名前を書く練習をした。没頭していたら、ふと甘い香りに肩を優しく叩かれた。どこかの庭先で、クチナシが咲いたらしい。

「いい香りがするね」

そう言いながらQPちゃんの方を見ると、半紙の上がとんでもないことになっていた。なんと、丸の中に目や鼻をかいて、遊んでいたのだ。

もりか
はるげ
な
もり
かげ
はるな

「あらまぁ……」

ここに先代がいなくて助かった。こんなのがバレたら、大目玉をくらっていたに違いない。

「ニコニコパンだよ」

QPちゃんが、満面の笑みを浮かべている。確かに、QPちゃんも、そして半紙の中のニコニコパンも、とてもいい表情だ。ニコニコパンは、まさに今のQPちゃんの心を表しているのだろう。

「ま、いっかー」

ふざけちゃいけません、とか、筆は遊ぶものではありません、とか、言おうと思えばいくらでも言えるけど、そんなつまらないことを口にしたところで、誰も幸せにはならない。見れば見るほど、QPちゃんのニコニコパンには勢いがあって、今にも笑い声が聞こえてきそうなのだ。きっと、このニコニコパンは今しかかけない。それに、丸、つまり円相は立派な禅画だ。宇宙や世界全体、真理や悟りの境地を表すと言われている。

QPちゃんのニコニコパンを見ていたら、私も円相をかきたくなった。

新しい半紙を広げ、筆にたっぷりと墨汁を含ませる。それから、目を閉じて時計回りにゆっくりと円を描く。目を開けると、半紙いっぱいに丸が書いてある。

「今日のお稽古は、ここまでにしましょう」

立ち上がると、久しぶりだったせいか足がしびれていた。ふだんの代書仕事は、ツバキ文具店の店番用の机か、台所の食卓で椅子に座って書いている。だから、畳に正座をする感覚を忘れていた。QPちゃんの方が、平気な顔で歩いている。

QPちゃんのニコニコパンを、玄関先にマスキングテープで貼りつけた。外出先から帰って、真っ先にこの笑顔に迎えられたら嬉しい。

また、どこからかクチナシの香りが流れてきた。ふわりふわりと、足音を立てることなくおしとやかに流れてくる。

お稽古の後、ＱＰちゃんとおやつを食べて一服した。今朝、回覧板と一緒に長谷《はせ》の力餅が回ってきた。足が早いので、たくさんある時は、こうしてご近所さんにお福分けするのである。

その後、ＱＰちゃんはミツローさんの家に戻った。ミツローさんにも、力餅をお土産に持っていってもらう。お福分けの、お福分けである。

さてと。食卓の上を片付けて、代書道具一式を並べる。もう一度、葉子さんのご主人が残したパスポートの最後のページをめくってみた。几帳面に綴られた文字から、ご主人の人となりを想像する。

ふたりは学生結婚だったと葉子さんは話していた。同じサークルで、学年は葉子さんの方が上だったらしい。知らないうちに、ご主人は葉子さんに甘える癖がついていたのかもしれない。葉子さんが黙って耐えているのを、許してくれていると勘違いして甘え続けた。

事故の時、車には女の人も一緒だったそうだ。ご主人に、同情する余地はなかった。

自分だけ、さっさと死んでしまったんですよ。勝手すぎると思いませんか？

葉子さんの言葉を思い出すたび、やりきれないような気持ちになる。

どうにかしてあげなくちゃいけない。葉子さんの胸でがんじがらめになっている怒りのかたまりを溶かし、それを悲しみの涙へと導くために。

だって、このままでは、葉子さんの人生は切なすぎる。そんな苦しみを背負うために生まれてきたのでは、ないはずだ。それに、ずっと怒ったままの母親と一緒にいる子どもだって、気の毒だ。

試行錯誤を繰り返して、やっと本番の手紙が書けたのは、とっぷりと陽が暮れてからだった。筆記具に選んだのは、バンカースだ。かつて、よく銀行で使われていたペンである。

葉子、悪かった。ふがいない夫で、ごめんな。

こんな結果になって、本当に本当に申し訳ないと思っている。

謝まって許されることではないけど、今、とても後悔している。

夫らしいことも、父親らしいことも、何ひとつしてこなかった。

その罰が当たったんだな。自分でも、本当に情けないよ。

お願いだ、今すぐとはいわないが、いつか、再婚してほしい。

そして、今度こそ、幸せな結婚生活を送ってほしい。

俺とは正反対の、良き伴侶と出会えることを、祈っている。

そしていつか、俺の悪口を、娘と笑顔で語ってほしい。

俺のこと、いっぱいののしってくれ。

最後に、今まで本当にどうもありがとう。

こんな自分を最後まで見捨てずにいてくれたことに、心から

感謝している。苦労ばかりかけて、本当に悪かった。

ペンを置く。このペンは、すでに廃番になっている。もう、手には入らない。命も一緒。一度死んでしまったら、もう二度と元には戻らない。

文末に、アイラブユーという言葉を入れるかどうかは、最後まで迷った。そして、結局入れなかった。もしも私が葉子さんの立場だったら、今更そんなことを言われても、逆に空々しくて怒りが再燃すると思ったのだ。

葉子さんは、とにかく、涙を流して悲しむことを望んでいる。わざとらしくなってはいけないし、あまりに盛り上げすぎると、逆に本人は冷めてしまうだろう。私は、この手紙を読んだ葉子さんに、たった一粒でも涙がこぼれることを祈らずにはいられなかった。


鎌倉には、今年もぼちぼちムカデが出始めた。なんの自慢にもならないけれど、鎌倉はムカデの宝庫だ。嘘か本当かは定かでないが、鎌倉は日本一のムカデ密集地帯といわれている。湿気があるので、ムカデにとっては最高の楽園なのだろう。

けれど、ムカデを見つけても絶対に潰してはいけない。潰してしまうと、仲間に助けを呼ぶための信号みたいなのを送るので、逆にムカデが集まってきてしまうのだ。そしてムカデは、基本的にカップルで暮らしている。つまり、一匹ムカデがいたら、もう一匹もどこか近くにいると思って間違いない。

だから、すぐに取り出せる場所に、ムカデ専用の大きなピンセットを用意しておくのは鉄則である。先代は、器用に割り箸でつまみあげ、生きたまま焼酎の瓶に沈めてムカデ酒なるものを作っていた。ムカデにさされた時、それが特効薬になるからだ。

でも、一般的には熱湯をかけたり、お湯に沈めたりして息の根を止めるのが主流だ。その年の状況によって、ムカデが大量発生したり、わりと少なかったりと波はあるものの、基本的にこの時期は、ムカデに用心するにこしたことはない。

靴を履く時は、中にムカデがいないか確認し、洗濯物を取り込む時も、衣類の中にまぎれていないか振り払ってからカゴに入れる。ムカデにさされてからでは遅いのだ。

というようなことを、去年も、そして今年も、ミツローさんには口うるさく言っていた。なのに、とうとうミツローさんがムカデにさされてしまった。

狙《ねら》われたのは、おしりである。朝、トランクスをはいたところ、いきなり臀部《でんぶ》に痛みが走り、中からムカデが這い出してきたという。想像するだけで、おぞましかった。でも、おしりじゃなくて前の方をさされていたら、もっと悲惨な結果になっていたに違いない。不幸中の幸いである。

電話口で、ミツローさんがのたうち回っていた。仕方がないので、私は先代が作っていたムカデ酒の保存容器から少しだけ瓶に移して小分けにし、それを届けにミツローさんの家まで競歩のごとく小走りする。

ムカデ酒は、見た目が気持ち悪いので、これまでに何度も捨てようと思ったのだが、こんなこともあるので、やっぱり残しておいて正解だった。先代に感謝しなくちゃいけない。

「だから気をつけてって、言ってたでしょ」

傷口にムカデ酒を塗りながら、ミツローさんにお説教する。傷口は、痛々しいまでに赤く腫《は》れ上がっていた。でも、さされたのがQPちゃんではなくてミツローさんだったから、まだよかった。なんて本人に言ったら、悲しむかもしれないけれど。QPちゃんは、今日も元気に給食を食べに行っている。

「恥ずかしい。でも痛い」

ミツローさんは、情けない格好のまま何度も同じ言葉を口にした。こんな格好を新妻に見られるのがたまらなく恥ずかしいらしい。

でも結婚ってそもそも、恥ずかしい部分を相手にさらけ出すことなのかもしれない。私だって、もしおしりをムカデにさされたら、頼れるのはミツローさんしかいない。だから、こういう時はお互い様である。

ミツローさんにムカデ酒を届け、とんぼ帰りで家に戻った。お店を開ける時間が迫っている。ミツローさんが、ご近所さんで助かった。

ただ、このムカデ事件は、あとから思うと単なる予兆にすぎなかった。なぜならその日の午後、ツバキ文具店にはムカデよりも数段手強《てごわ》い相手が現れたからだ。

その女が入ってきた時、私はものすごくどんよりとした気持ちになった。

ちょうど、前の日の売上伝票の計算をしている時だったので、すぐに顔を上げることができず、区切りのいいところまで電卓を叩いていた。なんとなく気分が悪いな、と感じながらふと顔を上げると、陳列棚の向こうに銀髪の女の後ろ姿があった。一目で、レディ・ババだとわかった。

私が見ていることに気づいたのか、レディ・ババがこちらを振り向く。

確かに、前から見るのと後ろから見るのとでは、全く印象が違う。

後ろ姿は十代のギャルそのものなのに、前から見るといい歳のおばさんだった。たまに、電車なんかでミニスカートをはいた若作りの中年女性を見かけるけれど、レディ・ババは明らかに若作りの範《はん》疇《ちゅう》をこえている。

呆気《あっけ》にとられていると、レディ・ババがカツカツとヒールの音を響かせて、私の方へ向かってきた。

そして、私の目の前に立つと、いきなりこう言い放った。

「お金貸して」

一瞬、訳がわからなかった。

「お金、ですか？」

見た感じ、お財布を落として困っているふうでもない。本物かどうかはわからないけれど、ヴィトンのハンドバッグは、きちんと肩から下げられている。心臓が、ドキドキしてきた。レディ・ババ以外に、お客が誰もいなかったので助かった。

レディ・ババが体を動かすと、安い香水の臭いでますます気分が悪くなった。

「千円ほどでしたら、お貸しできますが」

一応、お客なので、私もそれなりの対応を心がけた。本当にお金がなくて困っているのなら、帰りの交通費くらい渡した方がいいだろう。

すると、

「何バカなこと言ってんのよ！　千円で、足りるわけないでしょう。子どものお使いじゃないんだから」

レディ・ババがまくしたてる。

もしかしたら、これは警察を呼んだ方がいいのかもしれない。このまま相手をして、刃傷沙汰になんかなったらそれこそ物騒だ。

「ちょっとお待ちください。今、お飲み物を」

そう言って、私が立ち上がろうとした時だった。

「あんた、私が誰だかわからないの？」

レディ・ババが、私にうんと顔を近づけて言った。あまりの迫力に、思わず顔を背けてしまう。レディ・ババのまつげが、マスカラでひじきのようになっている。

黙っていると、レディ・ババは続けた。

「母親の顔もわからないなんて、冷酷な娘だねー」

「母親？　意味がわからないんですけど。私に母親はいません」

私は、つとめて冷静に返した。でも、心の中には動揺が広がっていた。

「だからさ、おなかを痛めてあんたを産んだのは、この私だから。忘れてもらっちゃ、困るのよ。ね、おかあさんが、お金を貸してって言ってるの」

「冗談じゃありません。お金なんて、貸せません。帰ってください」

私は、元ヤンキーのはしくれだったことを思い出し、身体中の勇気をかき集めて言った。けれど、悲しいかな、レディ・ババの迫力には足元にも及ばない。明らかに、声が上ずっている。

「なによ、いい子ちゃんぶって。私から逃げられるなんて、思わないでよね！　この、親不孝者っ」

親不孝はどっちだと言い返してやりたかったけど、仕返しが怖いので黙っていた。

レディ・ババは店を出ていくと、腹いせに、思いっきり藪椿の幹にヴィトンのハンドバッグを叩きつける。それでも気が収まらないのか、今度はヒールのかかとで文塚に思いっきり蹴りを入れた。

でも、藪椿も文塚も、びくともせずに堂々としている。

恐怖で震えているのは、私だけだった。

それにしても、レディ・ババが、私の母親……？

もちろん、証拠があるわけではない。お金を巻き上げたいばかりに、出鱈目《でたらめ》を言っていただけかもしれない。顔も、私とはそんなに似ていなかった。

けれど、私は途中から気づいてしまった。レディ・ババの声が、先代の声にそっくりだということに。信じたくはないけれど、今しがたレディ・ババが口にした言葉は、あながちホラでもないのかもしれない。

しばらく、放心状態のまま固まっていた。考えても考えても、何か結論があるわけではない。ただ、頭を思いっきり殴られたような衝撃が消えなかった。今まで、先代以外の身内の存在など、考えたこともなかったのだ。

第一私は、自分を産んだ人の名前も知らない。

そして、私はやっとわかった。

先代は、守っていてくれたのだ。

私を、あのレディ・ババの魔の手からかくまってくれていたのだ。今となっては、そうとしか思えなかった。

けれど、レディ・ババが自分の母親かもしれないなんて、誰にも言えない。今じゃ、あの人は鎌倉中の笑い者だ。そんなこと、恥ずかしくて絶対に言えるはずがない。

ただ、レディ・ババはお金に困っている様子だった。考えすぎと笑われるかもしれないけれど、そのために、QPちゃんを誘拐して身代金を要求する、なんてことも、ありえないわけではない。

でも、やっぱりミツローさんには口が裂けても言えなかった。ミツローさんが私の前でおしりを出してムカデにさされた傷口に薬を塗られる恥ずかしさとは、同じ恥ずかしさでもレベルが違う。ミツローさんから軽蔑されてしまうんじゃないかと思うと、怖くてどうしても言い出せない。

レディ・ババの出没に較べたら、ミツローさんのムカデ事件なんて、かわいいものだ。ミツローさんがおしりを出してベッドの上でのたうち回っていた場面を思い出したら、やっと少しだけ笑うことができた。

笑ったら、ちょっと涙が出て、涙が出たら、またちょっぴり笑えた。涙と笑いが、お互いに綱引きをして遊んでいるみたいだ。

ふと、葉子さんはどうしているだろうと思った。あの手紙を読んで、ちゃんと泣いてくれただろうか。ちゃんと悲しむことができただろうか。

今日は、大変な一日だった。私の人生にとっては、魔の水曜日といえるかもしれない。


梅雨の晴れ間を見計らい、軒先に梅干しを広げていると、店の方から呼び鈴が鳴った。慌ててダッシュすると、ザ・鎌倉マダムが立っている。

「主人と、離婚したいんです」

単刀直入に、マダムは言った。誰かに似ているなぁと思ったら、クレオパトラだった。といっても、私が頭の中でイメージするクレオパトラにすぎないけれど。

歳の頃は、五十代中頃だろうか。一見すると、日本人には見えない。ミセス相手の雑誌に登場してもおかしくないような、華やかないでたちだ。見事なまでに鼻梁《びりょう》が高く、彫りが深い。顔の中に、山と谷が存在する。

「どうぞ、おかけになってください」

話が長くなりそうな予感がした。奥に下がり、飲み物を用意する。QPちゃんに飲ませようと仕込んでいた甘酒が、まだ少し残っていた。真ん中に、昨日作ったあんずのジャムをぽとんと落とす。

店に戻ると、Jクレオパトラは扇子を出してあおいでいた。

私がいちいち合いの手をはさまなくても、Ｊクレオパトラはとつとつと話した。外見はクレオパトラだというのに、話すとちょっと訛《なま》りがある。茨城あたりの出身だろうか。失礼かもしれないが、そのギャップがなおさら魅力的に思えた。

Ｊクレオパトラは、結婚して三十年になるそうだ。子どもは、男の子と女の子がふたりいるが、ふたりとも成人し、既に家を出たとのこと。詳しくは語らなかったが、夫はサラリーマンではなく、自分で会社を営んでいるらしい。Ｊクレオパトラの方も、子どもが幼い間は専業主婦だったが、その後自分で仕事をするようになり、夫と別れても経済的には困らないとのことだった。

離婚の原因は、夫の酒乱だという。

ふだんはとても温和で優しい夫なのだが、たまに際限なくアルコールを飲むことがあり、そうすると悪酔いして、Ｊクレオパトラに暴言を吐いたりする。直接暴力をふるわれたことはまだないものの、物に八つ当たりして壊したり、夜中に大声でわめいたり、手がつけられなくなってしまうらしい。

「このままでは、身の危険を感じるのよ」

Ｊクレオパトラは、私にすがりつくような目で訴えた。

「今が、潮時のような気がするんですよ。これまで、お互いに十分すぎるほど、相手には尽くしましたから。

もう、別々の人生を歩んだ方がいいんじゃないかと。

私、本当に疲れてしまったんです。今なら、ふたりとも第二の人生をスタートするのに、ギリギリまだ間に合います」

しんみりとそうつぶやいて、Ｊクレオパトラはうなだれた。

要するに、Ｊクレオパトラは、夫への三行半《みくだりはん》を代書してほしいというのである。

今まで、本当にありがとうございました。
三十年という歳月を、あなたと共に過ごしたことは、
私の人生の誇りです。
あなたのおかげで、私は多くの幸福を味わいました。
子ども達を育てたことは、大きな冒険であり、希望でした。
あなたと出会わなければ、経験できないことばかり。
本当に感謝しています。
けれど、私はもう限界なのです。
これ以上、あなたのそばにいることは、できません。
理由は、わかっていると思います。
私達は、もう十分、お互いのために尽くしました。
これ以上あなたに傷つけられたら、私は生きていけなく
なります。
至らない妻であったこと、どうか許してください。

正直、二十年も一緒にいたので、あなたと離れて生きて
いけるのか、まだ自信がありません。
でも、そうしなくてはいけないのだと思います。自分のためにも、
あなたのためにも。
あなたにとっては、寝耳に水の話かもしれませんが、私は、
この選択肢について、長い間、冷静に考えてきました。
今が、その時です。
私達、これからは別々の道を歩みましょう。
そしていつか、お互いがおじいさんとおばあさんになって、
それぞれに伴侶をえていたら、その時はまた、笑顔で
茶飲み話ができるかもしれません。
離婚届を同封します。
私の方はすでに署名も判も済んでおりますので、
あなたの方を書いて提出してください。
よろしくお願いします。

書いているうちにどんどん感情移入してしまい、なんだかミツローさんと離婚するような気分になって悲しくなった。

ミツローさんと離婚?

今はまだ結婚したばかりでそんなこと想像もできないけれど、絶対にないとは言い切れない。Jクレオパトラだって、きっとそうだったと思う。最初は笑って流せたことも、長く生きているうちに気にさわるようになって許せなくなったりする。許せない自分に苛立ったり、許せない自分が許せなかったり。

生まれも育ちも違う人間同士が家族になってひとつ屋根の下に暮らすのだから、それはいろいろ起きて当然だ。私だって、ミツローさんと四六時中一緒にいたら、嫌なところを見つけて、いちいちイラっとしてしまうかもしれない。

でも、と私は思った。

自分の意思で選んだ相手とだって離婚することができるというのに、自分の意思ではどうにもならない血のつながりというものにそれが認められないのはどういうことなのだろう。

仮にレディ・ババが私を産んだ張本人だとして、レディ・ババは私を捨てることができたのに、私からレディ・ババを切り離すことは、一生無理なのだろうか。親は子どもを平気で手放すことができるのに、子どもが親から自由になれるのは、親か子ども、どちらかが死んだ時というのは、あまりに無情すぎないだろうか。

そんなことをつらつらと考えていたら、梅を干していたことを思い出した。

そうだった、そうだった。

天気がよさそうなので、縁側に梅を広げていたのだ。

一日に二、三回ひっくり返して、そのたびに実をもんであげると、おいしくなるらしい。ミツローさんの大好きな梅干しを、見よう見まねで今年初めて漬けている。漬け方を教えてくれたのは、ミツローさんの、御年九十歳になるおばあちゃんだ。おばあちゃんは、いまだに現役で畑を耕している。

ミツローさんの家族に、私はまだ会っていなかった。本当は、ミツローさんと入籍する時、挨拶に行く計画を立てていた。けれど、わざわざ忙しい時に来なくてもいいからと、ご両親の方から申し出があったのだ。

ミツローさんの実家は四国の山奥で、とにかく行くだけで一日かかってしまう。アフリカより遠い、とミツローさんが笑って話すくらいで、確かに週末を利用して一泊か二泊でちょっと出かける、という場所ではなかった。だったら、三人でゆっくり帰省できる夏まで待とうということになったのである。

会ったことはまだないけれど、ミツローさんの実家からは、たまに荷物が送られてくる。中に入っているのは、実家の畑でとれた野菜や、地元の道の駅で売られているお味噌や豆、果物などだ。段ボールにすき間があると、実家近くのスーパーで売られているこんにゃくゼリーや、ミツローさんのお姉さんが焼いたマドレーヌやクッキーなんかが入っている。たまに、おかあさん手作りのお惣菜も交じる。

ミツローさんには当たり前でも、私にとっては新鮮すぎるほど新鮮な、家族の温もりだった。先代との暮らしに、こういうのは存在しなかった。私はミツローさんと結婚することで、初めて、穏やかな家族の結びつきというのを知ったのだ。

ミツローさんのおかあさんが、毎回、荷物の中身の説明をメモにして書いてくれるのだが、そんなちょっとした手紙が、私には宝物だった。

そういえば、ミツローさんの実家は、元郵便局だ。もちろん、それが結婚した動機というわけではないけれど、結婚の、ひとつの決め手にはなっている。今はもう郵便局はやめてしまったが、郵便局だった古い建物を利用して、ミツローさんのお姉さんが、カフェを営んでいるそうだ。ミツローさんがカフェを始めたのは、そのお姉さんの影響が大きいらしい。

ミツローさんがまだ小さかった頃は、元旦におばあちゃんが、そりで年賀状を届けに出向いていたらしい。実家が元郵便局だなんて、私からすると魅力的すぎる。カフェにはまだ、当時使われていた看板や道具が展示されているという話だから、私は今からミツローさんの実家に行くのを、楽しみにしている。

幸いなことに、レディ・ババが再び現れることはなかった。レディ・ババがツバキ文具店にやって来た当初は、いつも胸騒ぎがして、道を歩いている時も、後をつけられているんじゃないかとか、いきなりバッグを盗られるんじゃないかとか、想像するときりがなく、全く気が休まらなかった。もしも夜中に玄関を叩かれたらと思うと、夜もうかうか眠ることができず、しばらくは寝不足が続いていた。けれど、一週間が過ぎ、半月も経過すると、少しずつ、ふだんの暮らしが戻ってきた。

第一、私はなにもやましいことをしていないのだ。それなのに、私が怯《おび》えたりするのは筋が違うし、そんなのはレディ・ババの思う壺だと気がついた。私が正々堂々とふだん通りに暮らしていることが、レディ・ババに対抗する唯一の道だった。

それに、私にはQPちゃんがいる。先月末の鎌倉ブックカーニバルに続き、これからの季節、鎌倉は大きなイベントが目白押しだ。六月は五所《ごしょ》神社の乱材祭《みざいまつり》があったばかりだし、七月には、待望の花火大会が予定されている。週末、どこかへでかけたり家でお菓子を作ったりしている間に、一週間はあっという間に過ぎるし、そのままの勢いで一ヶ月もあっという間に終わってしまう。

仕事の方も、ほどほどの忙しさだった。だから、レディ・ババにかまけている余裕なんて、これっぽっちもない。私はつとめて、レディ・ババのことを考えないようにした。

夏越《なごし》の祓《はらえ》を終えた翌日、ツバキ文具店のガラスを磨いていると、ひとりの紳士が颯爽《さっそう》とこちらに向かって歩いてきた。今時珍しい白麻のスーツ姿で、頭にはパナマ帽をかぶっている。一瞬、有名なハリウッドスターーかと思った。けれど、どうやら日本人のようだ。

てっきり通り過ぎるのかと思ったら、店の前で立ち止まり、先代の書いた《ツバキ文具店》の文字をためつすがめつ眺めている。それからおもむろに、

「ここって、代書屋さんですか？」

とたずねた。

目と目が合った時、ハリウッドスターの名前をようやく思い出した。男性は、どことなくリチャード・ギアに似ているのだ。でも、やっぱり本物のリチャード・ギアではない。だから、心の中で呼ぶ時は、リチャードとギアの間に括弧《かっこ》して半を入れることにした。

「そうですけど」

私が答えると、リチャード（半）ギアはスーツの胸ポケットからハンカチを出し、首筋の汗をぬぐう。

「朝から歩いて、ずいぶん探しましたよ」

リチャード（半）ギアは、朴訥《ぼくとつ》とした口調で言った。

時計を見ると、まだほんの少し開店時間には早かったが、そのまま店を開けることにした。

「どうぞ」

中に入ってもらうと、リチャード（半）ギアから、ほんのりと柑橘《かんきつ》系の香りが漂ってくる。よほどおしゃれに精通しているのだろう。爪先から頭のてっぺんまで、すべてが完璧な装いだった。こういう男性を、巷《ちまた》ではチョイ悪オヤジなんて呼ぶのかもしれない。

丸椅子をすすめ、まずは飲み物を用意する。昨日から、ウーロン茶の茶葉を水に浸して冷蔵庫に入れ、水出しウーロン茶を作っていた。涼しげなガラスのコップに注いで店の方へ運んでいくと、机に置かれた一通の封筒が視界に入りドキッとする。

あ、と声が出そうになるのを、寸前で押しとどめた。それは、紛れもなく、私がＪクレオパトラに頼まれて書いた三行半だった。一瞬、頭の中が混乱したものの、そしらぬ顔でリチャード（半）ギアにお茶を出す。

「今日も暑いですね」

動揺を見透かされないよう、まずはありきたりな天気の話題を切り出した。

「実はですね、妻から、会社にこんなのが届きまして」

リチャード（半）ギアは言った。やはり、これを私が代書したとは、知らないらしい。そうとなれば、こちらの態度も決まってくる。

「お手紙、ですか？」

白々しくならないよう演技するのが、難しかった。口の中にたまった唾を飲み込むと、思わずゴクリと大きな音が響く。さっきから、心臓のドキドキが止まらない。

「手紙は手紙なんでしょうけどね、離縁状なんです」

言いながら、リチャード（半）ギアが封筒から紙を取り出す。紙は、便箋ではなく、真っ白いただの紙に書いてある。妻の側に非はないのだという、身の潔白を証明する意味合いを込めたつもりだった。

リチャード（半）ギアは、どうぞ、と言ってその紙を、私の方へ差し出した。

「読んでください」

まさか、自分が代書した手紙とこういう形で再び対面することになろうとは、思ってもみなかった。代書屋歴の長い先代でも、こんな珍妙な体験は、したことがないだろう。

私は、自分の書いた文面を、もう一度読み返した。この期《ご》に及んで誤字脱字を見つけたらどうしようかと焦ったが、どうやらそのミスはおかしていない。

最初はてっきり、リチャード（半）ギアが、店に怒鳴り込みに来たのかと思ったのだ。私がこの離縁状を代書したことを知って、どうしてこんなものを書いたんだ、と罵倒《ばとう》されるのを覚悟していた。けれど、リチャード（半）ギアはいつまで経っても怒鳴り声を上げることはなかった。

「これに、返事を書いてほしいんですよ」

私が目を通し終わったタイミングで、リチャード（半）ギアが言う。

要するに、代理戦争ならぬ、代書合戦というわけである。どうやら私は、非常に厄介な夫婦喧嘩に巻き込まれつつあるらしい。夫婦そろっての筆不精にもほどがある。

「どういうお返事を書けばいいのでしょう？」

頭をおさえてうなだれたい気持ちをグッとおさえ、さも初めて事情を知ったかのような風情を装い、リチャード（半）ギアに質問する。けれど、心の中はしどろもどろだった。こういうのを、ひとり二役というのだろうか。自分が代書した手紙に、また返事を代書するなんて、とほほ以外のなにものでもない。

「離婚は、したくないんですよ。だから、女房の気持ちを変えるよう、説得してくれませんかね」

他人の夫婦喧嘩ほどつまらないものはない。お腹をすかせた犬すら食べないと言うではないか。けれど、あなたがお酒を飲んで大暴れするから奥さんに嫌われちゃったんですよね、とは口が裂けても言えない。

リチャード（半）ギアは続けた。

「こんなことあなたに話すのもなんですけどね、最初にお酒で悪酔いしたのは、向こうの方です。新婚旅行の初夜ですよ、初夜。

あの人はね、ディナーの時にシャンパンとワインをがんがん飲んで、べろんべろんに酔っ払って大変だったんです。ベッドで吐くし、いきなり大声を出すし。僕、一晩中、酔っ払いの介抱をしてたんですから。その上、僕は殴られたんじゃなかったかなぁ。

もうね、せっかくの初夜が台無しですよ、台無し」

初夜、初夜と目の前で何度も言われると、逆にこちらが赤面してしまう。若い頃はさぞかし、絶世の美男美女カップルだったに違いない。

「奥様も、お若かったんですね。でも、今となってはかわいい思い出じゃないですか」

なんと返したらいいのかわからなくて、適当に思ったことを口にした。リチャード（半）ギアは妙にのらりくらりしたところがあって、気がつくと向こうのテンポに巻き込まれてしまう。

「そんなことありませんって」

リチャード（半）ギアが、穏やかに否定した。

「かわいいなんて、とんでもない。たまーに羽目を外してお酒を飲んで、離婚なんて大げさですよ。あなたも、そう思うでしょう？」

自分が、どちらの味方について意見を言えばいいのか、だんだんわからなくなってくる。私にとっては、両方がお客さまなのだ。

けれど、見ていると、夫婦にはかなり温度差があった。Ｊクレオパトラはいたって深刻なのに、リチャード（半）ギアには、それが伝わっていない。私が代書した離縁状に迫力がなかったせいかもしれない。

「でも、奥様は真剣に離婚を考えていらっしゃいますよね」

迂闊《うかつ》なことを口走らないよう、石橋を叩きながら言葉を選ぶ。

「そうなんですかぁ？」

リチャード（半）ギアが大らかに言うので、

「そうですよ！」

私は思わず、強い口調になった。ひとり二役なんて、難しすぎて私では力不足だ。

「確認しますが、ご主人は、離婚をしたくないんですか？　奥様のことは、愛していらっしゃいますか？　泥酔したことは、きちんと反省しているんですか？」

ついつい、刑事のような問いかけになる。リチャード（半）ギアが、ふと真顔になって考え込んだ。

「愛しているから、離婚はしたくないんでしょう。でも、反省というのは、どうなんでしょうか？　何をしたか、覚えていないし」

また、のらりくらりが始まった。

「ですから、その、何をしたか覚えていない、ってことが、問題なんじゃないですか？　自分が奥様に何を言って、どう傷つけたのか、知らないで済まされる問題ではないと思いますよ」

どうやら私は、少しずつＪクレオパトラの方の肩を持ち始めている。

「いくらあなたが覚えていなくても、相手はその言動によって深く傷ついているんです。それも、一回や二回の話ではありません。何度も何度も我慢して、傷つくたびに心が破けて、それを時間をかけて修復してきたんです。

でも、もう限界だって悲鳴を上げたんじゃないですか。それに対して、覚えていないから反省もできないっていうのは、大人としてどうなんでしょうか？　無責任すぎませんか？　そんなこと言っていたら、どんな犯罪だって許されてしまうじゃないですか」

話しているうちに、私にＪクレオパトラが乗り移った。いけないいけない、と思いながら、自分の言葉を止めることができなくなる。

「すみません」

リチャード（半）ギアがうなだれるので、

「私に謝るのではなく、奥様に謝罪してください」

奥さんは本気なんですからね、という言葉をグッと呑み込む。そこまで言うと、私がこの三行半を書いたことがバレかねない。

「あなたは無意識かもしれませんけど、無意識に人を傷つけるのは、相手が傷つくとわかっていて意識的に傷つけるより、もっと罪が深いと思います。悪気がなかった、なんて簡単に言わないでください。悪気があってもなくても、相手が傷つくことに、かわりはないんですから」

リチャード（半）ギアの態度を見ていたら、言わずにはいられなくなった。

今の言葉は、Ｊクレオパトラが言わせたというよりは、先代の言葉だ。こんなようなことを、先代がよく言っていたのだ。

ずっとぼんやりとしか意味がわからなかったけれど、たった今、そういうことを言っていたのかと理解した。

無邪気に人を傷つけることの恐ろしさと罪深さに関して、先代はとても厳しい人だった。

「すみません」

リチャード（半）ギアは、再度うなだれた。私が語気を強めたことで、少しは事態の深刻さを理解したのかもしれない。おかあさんに怒られた子どもみたいにしゅんとなっている。

「どうしましょうか……」

もう、ため息をつくしかない。両方を助けてあげたいのは山々だけど、離婚したい妻と離婚したくない夫、双方の望みを叶えてあげるのは不可能だ。こういう場合は、代書屋の私のところではなく、弁護士とか家庭裁判所とか、そういうところに行った方が解決するんじゃないかと思った。

けれど、困っている人を無下《むげ》に突き放すわけにもいかず、途方に暮れてしまう。無責任なようだが、もう、ジャンケンでもして離婚するかしないかを決めてほしかった。

「お願いしますよ」

リチャード（半）ギアが、机に鼻先がつきそうなほど頭を下げる。さっき、リチャード（半）ギアにお説教をしてしまったけれど、よく考えるまでもなく、私よりずっと年上なのだ。ちょっと言い過ぎだったかもしれないと、私の方も反省する。

「ここまで、女房とは苦楽を共にしてきたんです。自分が彼女を傷つけたことに関しては、深く反省します。だから、このまま一生連れ添えるよう、なんとかお力を貸してください」

頭を下げたまま、リチャード（半）ギアは言った。今の言葉が、彼の本心なのだろうと思った。

ようやく顔を上げたリチャード（半）ギアの目の下が、うっすらと赤く染まっていた。

酒は飲んでも、飲まれるなー、
わかっちゃいるのに、ついつい楽しくなって、度をこして
飲んでしまうんだ。
でも、君が言うように、俺ももう還暦間近だ。暴れて、
怪我でもしたり、もしくは誰かに怪我をさせたりしたら、
それこそ君に迷惑をかけてしまう。
自分だけの体ではないことを、ついつい忘れて羽目を
外してしまうんだな。
大バカ者だといくら言われようが、俺に弁解の
余地は全くない。
いい年したジジイが、酒に飲まれて、愛する妻に
暴言を吐いて傷つけるなんて、あってはならない話だ。
この間のことは、本当に反省している。

もう二度とあんな真似はしないと、約束する。
今後酒は、ほどほどに、たしなむ程度にする。
（飲まないとは言いきれない自分が情けない限りだが……）
君が再三言うように、俺はもう完全にジジイだ。
若い頃とは違って、モーロクしている。あんなふうに
酒を飲んだら、道端に倒れて頭を打って、悲惨
な人生の終わり方をするかもしれない。
今回のことで君がどんなに傷ついたか、本当によく
わかった。
だから、離婚というのを、考え直してほしい。お願いだ。
お互い、冷静になろう。
あんなことで、今まで築き上げた三十年が無に
なってしまうのは、正直、耐えられない。

世間体とか、子ども達のことを考えてそう言っているんじゃない。
俺に、もう一回だけ、チャンスを与えてほしいんだ。

鎌倉郵便局前のポストにこの手紙を投函した後も、まだ少しぶらぶらしたかった。

今日は土曜日でお店は半ドンだったが、QPちゃんは友達の家に遊びに行っている。ミツローさんの家に行く夕方まで、まだ少し時間がある。

人混みを避けるため、左折して、妙本寺《みょうほんじ》の方へ歩いていく。むしょうに、木がたくさんある場所に行きたくなった。思いっきり、深呼吸がしたい。

妙本寺の存在を知ったのは、高校一年生の時だ。

まだ家に帰りたくなくて、駅の近くを当てずっぽうに歩いていたら、妙本寺に辿《たど》り着いた。駅がすぐそばだというのに奥が深くて、石の階段を上っても上っても、なかなか山門にはつかなかった。

あの頃、自由にのびのびと枝葉を広げる樹木たちが羨《うらや》ましかったのだ。あの場所に行けば、胸の奥にまで新鮮な風を送り込むことができた。

境内《けいだい》には人懐っこい野良猫がたくさんいたので、よく、野良猫に悩みを打ち明けていた。木々も、私の独白に耳を傾けてくれた。風も、優しく涙を拭いてくれたっけ。

そうしてしばらく時間をつぶすと、なんとなく心にたまっていたザラザラが風に吹かれて、家に帰る足取りが軽くなった。

私にとって妙本寺は、自分自身とデートできるかけがえのない場所だった。

ゆっくりと石段を上りながら、久しぶりにあの頃のことを思い出して懐かしくなる。あの当時は、先代との関係や、将来どうするかについて、日々、真剣にもがいていた。行き場がなくて、息が苦しくて、私は一刻も早く、鎌倉という町を離れたかった。

でも、今はこうして鎌倉に住んでいる。

だから、あの頃の自分がいたら、優しく言ってあげたい。

大丈夫、なるようになるからね、って。

石段の途中で立ち止まり、目を閉じて深呼吸したら、緑の精が体いっぱいに入り込んできた。リチャード（半）ギアから依頼された代書も、まだまだ力不足で完璧ではないけれど、ベストは尽くせた。あとは、野となれ山となれ。天命を待つしかない。

週末なので人がたくさんいるかと思ったら、そうでもなかった。

朝から小雨が降ったり止んだりしているので、土曜日のわりに静かだ。

本堂に上がり、お参りを済ませてから階段に腰かけ一休みする。お寺全体が、しっとりと雨に濡れている。昔から、ここから眺める景色が好きだった。

左手の祖師堂《そしどう》の前に、カイドウの木が生えている。若葉の先に、ぽつぽつと実がつき始めていた。あの辺りで、評論家の小林秀雄と詩人の中原中也は仲直りをしたのだろうか。ふたりは、ある女性を巡って三角関係にあった。

小林秀雄というと、難しい文章を書く気難しいおじいさんくらいにしか思っていなかった。高校の時、現代国語の試験に小林秀雄の難解な評論が登場するたび辟易《へきえき》したものだ。でも若い頃は、中原中也が付き合っていた恋人を自分も好きになり、友人である中也から恋人を奪って、最後は同棲までしたという。あんな文章を書く人も、理性をなくし、本能で女性を好きになると知った時は、なんだかホッとしたのを覚えている。

確か、ふたりは小林秀雄と彼女が同棲を始めて十年近く経ってから、カイドウの下で一緒に花を見たのだ。小林秀雄が書いた『中原中也の思い出』に出てくる。

先代がこの本を持っていて、以前、その時の様子を書いた文章を読んだことがある。詳細は忘れてしまったけれど、カイドウの花の描写が美しかったことは、朧《おぼろ》げながらも覚えている。探せば、まだ家のどこかにあるかもしれない。帰ったら、もう一度読んでみよう。

東急で買い物をし、駅前からバスに乗ると、二の鳥居に、大きなくす玉が飾られていた。そうだった。毎年、大祓を終えると、鎌倉の町は七夕一色になる。小町通りの入り口にも、豊島屋さんの入り口にも、立派な飾りがお目見えするのだ。

でも、やっぱり一番すごいのは八幡様だ。一瞬のすきを見逃さないよう、バスの窓から目をこらした。

鳥居に飾られた艶やかなくす玉が、ふわりふわりと優雅に舞っている。

常々、八幡様の建物は竜宮城みたいだと思っているけれど、こうして見ると色鮮やかで派手な色彩が、とてもよく映える。

舞殿や上宮にも、くす玉や吹き流しが飾られていた。確かに現実のはずなのに、なんだか夢の中に舞い込んだような不思議な気分だった。お正月のような華やかさがあって、やっぱり、鎌倉の一年は夏から始まるような気がする。

ツバキ文具店の入り口にも、笹の葉を飾った。今朝、男爵がわざわざ持ってきてくれたのだ。おめでとうございます、と耳打ちしたら、男爵は好々爺《こうこうや》そのものの笑みを浮かべて、素直に照れていた。男爵とパンティーの子どもは、この秋に誕生予定だそうだ。

一度自宅に戻ってから、ミツローさんとQPちゃんの待つ別宅へ向かう。こういう場合も、別宅と呼んでいいのかどうかはわからないけど。

おとおとか、
いもとがほしい。
もりかげ
はるな
家族が、健康で、安全で。
毎日笑顔で過ごせますように。
鳩子
商売繁盛!

ツバキ文具店の入り口に立てかけた笹の葉を背景にして、家族三人の願い事が風に揺れている。さっきからＱＰちゃんのだけがくるくる回って、バレリーナがピルエットを踊っているようだ。モリカゲ家でも、八幡様の真似をして、色紙を切って作った梶《かじ》の葉っぱに、願い事を書いたのだ。

「おとおと」か「いもと」か。

もちろん、考えないわけでもない。ミツローさんも、口には出さないけれど、それを望んでいる。確かに、ミツローさんにはとてつもなく辛くて悲しいことがあった。けれど、ミツローさんが幸せになっちゃいけないなんて、誰がいえるだろう。

生きていれば、どんなに悲劇が起きた時でも、食欲だってあるだろうし、性欲だってもちろん起こる。

悲しいからこそ、笑わなくちゃ乗り越えられない場面もある。私は、ミツローさんに、もっともっとたくさん笑ってほしかった。毎日毎日、おなかの筋肉が痛くなるほど、ゲラゲラ笑い転げてほしかった。

結婚する前は、ミツローさんの子どもを産みたいと思ったこともある。近い将来、ミツローさんと私の子どもに会うことを夢見ていた。

でも、実際に結婚し、ＱＰちゃんの継母になって、私はますますＱＰちゃんが好きになった。愛情は日々、更新される。

決して涸《か》れることのない泉のように、無色透明の、けれどほんのり甘い水が湧き出すように、愛情が絶え間なく湧き出てくるのだ。このことを、世間では母性と呼ぶのかもしれない。私には今、母性の泉がこんこんと湧き続けている。

うまくいえないけれど、血がつながっていないからこそ、ＱＰちゃんをより大切にできるような気がしている。そして、もしも自分に子どもができたら、血がつながっているわが子の方をかわいいと思ってしまうんじゃないかと、私はそのことにほんの少し怯えている。

そんなことに悩んでいた矢先の、「おとおとか、いもと」だった。

更に、二の足を踏んでしまう理由は他にもある。レディ・ババだ。私が子どもを産むということは、レディ・ババの血を残すことになってしまう。

考え事をしていたら、すっかり手の方がお留守になっていた。店のお客さんやご近所さんにも願い事を書いてもらおうと、色紙を梶の葉の形に切っていたのだ。店の入り口に小机とペンと紙を置いておき、自由に願い事を書いてもらおうという七夕の企画である。


てるてる坊主を吊るしたのが功を奏したのか、今年の花火大会は無事に行われるというのでホッとした。数日前から、祈るような気持ちで空を見上げていた。というのも、去年の花火大会は、高波の影響により中止になったのだ。だから、去年の花火大会を楽しみにしていたQPちゃんにとっては、待ちに待ちに待ちに待った一年越しの花火大会なのである。ふたりで浴衣《ゆかた》を着て見に行こうと、ずいぶん前から約束している。

そんなことをちらっとバーバラ婦人に話したら、バーバラ婦人が花火を見るための特別な場所に案内してくれることになった。バーバラ婦人が毎年そこから花火を見ているという秘密の場所で、そこに私とQPちゃんも連れて行ってくれるというのだ。秘密の場所とは、小町にあるバーバラ婦人の友人の家で、そこの屋上から花火がとてもきれいに見えるのだという。

ご飯は持ち寄りとのことなので、私は夕方からスパムおにぎりを作って、それを持って行くことにした。QPちゃんの分は、ミツローさんが作った鶏の唐揚げである。本当はミツローさんも行けたらよかったのだけど、ミツローさんはお店の営業があるので、お留守番だ。商売繁盛！　を実現するため、ミツローさんは目下、仕事に励んでいる。

少し早めに店を閉め、急いで浴衣に着替えて家を出た。バーバラ婦人は駅前のお肉屋さんでローストビーフを注文しているというので、直接、バーバラ婦人の友人宅で待ち合わせた。

私達が到着すると、小さな屋上では、すでに宴が始まっている。そこへ、どん！　と一発目の音が響き渡った。

わぁ、と皆が歓声を上げる。バーバラ婦人も先に来ていて、最前列の特等席をQPちゃんのためにとっておいてくれた。

鎌倉に住んでいるとはいえ、花火大会をちゃんと見るのは十数年ぶりだった。前回は、たまたま鎌倉に来ていたスシ子おばさんと見に来たはずだ。それでも、こんなにいい席から見るのは初めてだ。

バーバラ婦人の友人は、目玉の水上花火が見られないことを恐縮していたけれど、とんでもない。ふわーっと上がって、パッと開き、しゅわしゅわと散る、ひとつひとつの花火を堪能することができる。

缶ビールを片手に焼き鳥や枝豆をつまみながら、人に押されることなく花火が見られるなんて最高に贅沢な時間だった。夜空に咲く大輪の花はすぐにしぼんでしまうけれど、だからこそ、一瞬一瞬を見逃さずにいようと目を見開く。

ふと、タカヒコ君のことが脳裏をよぎった。タカヒコ君も、花火を見ているだろうか。太陽の明るさと夜の暗さはわかると言っていた。ならばきっと今夜の花火も、見ることができるのかもしれない。

心の目、とはよく言うけれど、タカヒコ君が持っているのは、それよりももっと偉大な魂の目だ。

タカヒコ君は、闇の向こうに、あらゆるものが魂の形で見えるのかもしれない。私も、そういう目を持ちたいと思った。

ＱＰちゃんは、さっきから身動きひとつせず夜空の花火に魅せられている。初めて打ち上げ花火を見るわけではないだろうけれど、まるで生まれて初めて見ているような雰囲気だった。全身を目玉にするような集中力で、夜空を駆け上がる炎の軌跡を追いかけている。

帰りは、バーバラ婦人と三人で、段葛を歩いた。ＱＰちゃんを間にはさみ、みんなで手をつなぐ。

「きれいでしたねー」

「ポッポちゃんのおむすびがおいしかったわ」

「また来年もあそこから見たい！」

口々に、三人がばらばらの感想を述べる。

並んで歩いていたら、バーバラ婦人が教えてくれたキラキラの法則を思い出した。

大晦日の晩、除夜の鐘をつきに行く途中の道で教えてくれたのだ。

目を閉じて、キラキラ、キラキラ、と心の中で唱えるだけで、心の暗闇に星が現れて明るくなると。

あれから私も、そのおまじないを実践するようになった。

いつか、ＱＰちゃんにも教えてあげよう。私がＱＰちゃんに伝えてあげられることは、すべて、何もかもひとつ残らず気前よく伝授したい。

夏休みを迎えたＱＰちゃんは、このところ、連日のように私の家にお泊まりしている。本人は「合宿」だと喜んでいるけれど、ミツローさんはさみしいらしい。もちろん、私の方は嬉しくて楽しくて仕方がない。寝ても起きても、ＱＰちゃんが隣にいる。

ひとり暮らしなら朝ご飯は食べたり食べなかったり適当に済ませてしまうけれど、小学一年生のＱ

Pちゃんがいる場合は、そうもいかない。朝からお味噌汁を作ったり、ご飯を炊いたり、卵焼きを焼いたりしている。そして、朝ご飯で残った分のお米は、ミツローさんのやり方を真似て、そのままってておくのではなく、おむすびにしておいてお昼やおやつに食べるのだ。

QPちゃんは、家で宿題をしたり、近所の友達の家に遊びに行ったり、裏山に虫を捕りに行ったり、学校のプールに行ったりと忙しい。暑い日は、ツバキ文具店の店番をしながら、本を読んだり、塗り絵や折り紙をして遊んでいる。

去年、奮発して新しいクーラーを買ったので、ツバキ文具店は、真夏でもほどほどには快適なのだ。設定温度を高くしているので、それほど涼しくはないけれど、ないよりはずっとましである。

最近は、QPちゃんがひとりで店番をしている。最初は心配で、私も一緒にいたのだが、そうすると家事や仕事がたまる一方なので、だんだん慣れてきたようだし、店の方はQPちゃんに任せることにした。

お客さんが来た時だけ私に知らせることになっていて、その間私は、晩ご飯の支度をしたり、代書仕事をしたりできる。いきなりレディ・ババが現れてQPちゃんをさらっていく不安がないわけでもないけれど、レディ・ババはあれから一度も私の前にはやってこないし、いくらなんでもそんなことをしたらQPちゃんが騒ぐだろう。それに、QPちゃんはもう、女性がひょいと片手で持てるほど軽くはない。

QPちゃんには、一日五十円を上限とし、一回のお手伝いで十円のバイト代を渡すことにしている。そんなの労働基準法にひっかかってしまうし、第一、未成年者をそんなふうに働かせてはいけないのかもしれない。けれど、ただ家のお手伝いをするより、いいんじゃないかと思うのだ。子どものうちから働くという意識を身につけておけば、将来、大人になった時に何かの役に立つかもしれない。ミツローさんがピノキオの貯金箱をプレゼントしてくれたので、ＱＰちゃんはアルバイトで得たお金を、せっせと貯金にまわしている。

店を閉めたら、ふたりで食卓を囲むのが日課だ。ミツローさんがいないので、母子家庭みたいだ。けれど、私にはこっちの方が見慣れた光景だった。

時間があれば、玄米を炊いたりもする。これまで圧力鍋を使ったことがなかったので、最初はシューっと蒸気を上げるたびにこのまま爆発するんじゃないかと焦っていた。でも、やっているうちにコツがわかって、最近ではもちもちの玄米が炊けるようになった。

玄米だと、それほどきらびやかなおかずは必要ない。ひじきや納豆や昆布の佃煮で事足りるし、せいぜい魚がちょこっとあれば十分だ。去年の暮れに魚福が店をたたんでしまったので、今は岐《わか》れ道のところにある干物屋さんで魚を買うようにしている。

あれほど反発していたのに、結局私も、先代と同じような地味なおかずを並べている。ただ、ひとつだけ気をつけているのは、ＱＰちゃんとの会話だ。先代と食事をする時、無駄なおしゃべりは一切許されなかった。食事中に会話を楽しんでもいいということを、私は大人になってから知った。だからＱＰちゃんとは、食事中でもなるべく話すように心がけている。

それにしても、やっぱり鎌倉の夏は暑い。もしかして今年は涼しいまま終わるんじゃないかと思っていたら、とんでもなかった。途中から、いきなり暑くなった。特に、鎌倉は湿気があるので、まるでミストサウナに入っているようなのだ。なにもしていなくても、自然と汗がにじみ出てくる。

なので、ここ最近の楽しみは、食後の散歩だ。散歩の目的は、金沢街道沿いにあるイタリアン、ラポルタの手作りジェラートである。

晩ご飯の片付けをおおかた終えたら、ＱＰちゃんと手をつないで、てくてく歩いて買いに行くのだ。

その頃になると少しは風が出て、涼しくなっている。

歩きながら、今日はどのジェラートにするかを考えるけれど、いつもなかなか決められない。マダガスカル産のバニラや、珍しいところではオリーブオイルのジェラートもある。あとは、マンゴー、キウイ、パイナップルなど季節の果物や、カボチャなど野菜を使ったジェラートもある。ショーケースを前にして迷うのも楽しみのひとつだ。ふたりともカップではなく、コーン派だ。

「だって、コーンにすれば食べられるもんねー」

というのが私達の共通した意見で、カップ派のミツローさんとは意見が食い違う。ミツローさんは、カップの方が食べやすいと言い張るけれど、そうするとスプーンやカップがゴミになってしまう。

店の前に置いてあるベンチでジェラートを食べて帰る、というのが、この夏の新たな楽しみになった。目の前の道路は車が多いし、決して景色がいいわけでもないけれど、ＱＰちゃんと並んで、車の往来を見ながらちびちびジェラートをなめているだけで、とんでもない幸運をつかんだような気分になる。

宝くじで三億円が当たった人より自分の方が幸せだと、自信を持って宣言できた。ニューヨークの自由の女神みたいに、私もジェラートのコーンを空高く掲げ、世界中にＱＰちゃんを自慢したいような心境だった。


黒地蔵縁日は、毎年八月十日の午前〇時から正午ごろまで覚園寺《かくおんじ》で開かれている。

小学生になったら夜中に黒地蔵縁日に行く、というのをＱＰちゃんは以前から楽しみにしていた。こんなに近所に住んでいるのに、私もまだ行ったことがない。

夜中の〇時に起きるなんて無理なんじゃないかと思っていたけれど、ＱＰちゃんはちゃんと目覚ましをかけて起床した。真夜中に、ミツローさんとQPちゃんと三人でそぞろ歩くのは不思議な気分で、誰かの大きな夢の中に迷い込んでしまったようだった。途中までの道があまりにひっそりとしているので、本当に今日がその日なのか不安になったけれど、お寺に近づくにつれて人が増えたのでホッとした。

ただ、QPちゃんが、特別に公開されている黒地蔵を指差して、「パンティー」と指摘したのには笑ってしまったけど。でも、確かにパンティーは目鼻立ちがはっきりしているので、大仏系の顔をしている。

黒地蔵は、参拝者の思いや願いを、亡くなった人に届けてくれるとされているのだ。

縁日というだけあって、境内にはいくつか夜店が出ていた。ニコニコパンの生みの親、パラダイスアレイも黒地蔵にちなんだ真っ黒い炭入りのパンを売っている。おなかがすいたというミツローさんがおでんを買ったので、それを三人で少しずつ分け合った。

こんなに暑いのに、汗を流しながらおでんを食べている自分達がおかしくて、私はこんにゃくをかじりながら笑いが止まらなくなった。私とミツローさんの笑いにつられて、QPちゃんまでがゲラゲラ笑っている。真夜中に黒地蔵を見て、おでんを食べながら笑っている私達は、なんだかすごく幸せな気がした。この笑い声を、私は先代に届けてほしいと思った。

それから数日後、ついにお盆休みがやって来た。ミツローさんの実家へ行くのである。

ご両親には初めて会うわけだし、どんな服を着て行けばいいのか、お土産は何を持って行けばいいのか、いつまでも決められずにいたら、ミツローさんに呆れられてしまった。

「ふだん通りの格好で大丈夫だよ。鳩ちゃんがかしこまったら、うちの家族も緊張しちゃうし。普通でいいよ、普通で」

でも私には、その「普通」のさじ加減がわからない。一度詰めた衣類を、やっぱりこれじゃない、と思って交換しながら、何日もかかって荷造りする。ミツローさんの実家に滞在するのは三泊だが、帰りにミツローさんとQPちゃんと私で温泉に行くことになったので、荷物は四泊分になる。家族みんなの四泊分の着替えは、結構な量だった。

空港からはレンタカーを借りて実家に向かうが、その道のりが長かった。いくつもの山を越え、橋を渡り、トンネルをくぐる。それでも、いっこうに辿り着かない。私は運転免許証を持っていないので、運転はすべてミツローさんにお願いするしかない。申し訳ないので、隣から運転を援護しようとミツローさんに話しかけたりとがんばってはいたのだが、ついに途中から記憶をなくした。気がついた時には、周囲がうっすらと暗くなっていた。

午前中に鎌倉を出たのに、ミツローさんの実家に着いたのは夜だった。途中から、私はあまりの景色に圧倒されて、ここが日本だということをすっかり忘れていた。まるで、どこかアジアの国の山奥に来ている気分だ。

だから、ミツローさんの実家に着いて、車から降り、

「疲れたでしょう、今日はゆっくり休んでね」

とおかあさんに言われた時、どうしてこんなに上手に日本語が話せるのかと、不思議な気持ちになった。でも、遠いというだけで、ここも日本なのだ。

「はじめまして、鳩子です。いつもお世話になっています」

両親を前にしたらきちんと挨拶をしようと思っていたのに、

「いいからいいから、まず中に入って。蚊に刺されるよ」

おかあさんが、私の荷物を持ってさっさと中に戻ってしまう。

荷物には、お土産の鳩サブレーの入った紙袋もあった。クルミッ子がいいかな、それとも美鈴の和菓子がいいかな、とあれこれ悩んだわりに、最終的には王道中の王道である鳩サブレーに落ち着いたのだ。おいしいし、日持ちがするし、子どもからお年寄りまで食べられる普遍的な味だし、やっぱり鳩サブレーにまさる手土産はない。

どう言って渡そうかとか、頭の中でリハーサルをしていたのに、なんだかあやふやになってしまった。車を停めに行ったままミツローさんは戻ってこないし、QPちゃんはもう家に入っているので、仕方なく、私もミツローさんの実家におじゃました。

玄関先で靴をそろえていたら、奥からミツローさんのお姉さんが息子と一緒にやって来た。お姉さんの髪の毛は、見事なまでの茶髪だ。

「はじめまして」

慌てて立ち上がって挨拶すると、

「ミツローがお世話になってます」

お姉さんが、しなを作ってお辞儀をする。一緒に坊やも、強制的にお辞儀をさせられた。

ミツローさんとお姉さんは、仲のよい姉弟だ。ミツローさんはいつも、お姉さんとラインでやりとりしている。お姉さんは一度大阪に出て結婚したものの、離婚して、今は実家のそばで暮らしている。元郵便局でカフェを営んでいるのは、このお姉さんだ。

お姉さんと立ち話をしていたら、やっとミツローさんが来た。正直、ホッとする。ミツローさんに案内され、茶の間に行った。蛍光灯を替えたばかりなのか、夜なのに、茶の間はものすごく明るかった。

「どうぞどうぞ」

ミツローさんのおとうさんに、座布団を勧められた。それにしても、そっくりだ。事前にミツローさんから聞いてはいたけれど、想像していたよりも更に似ている。あまり似ているので驚いていたら、

「ダメよー、この人私の旦那さんだからねー。デキちゃったりしたら、三角関係になっちゃうもの」

お盆にビールの大瓶をのせてこっちに来ながら、おかあさんが冗談を言う。

「ママ、ミツロー達、東京から来て疲れているんだから」

お姉さんが助け舟を出してくれた。

本当は、きちんと挨拶しようと思っていたのに、なんだかそのタイミングをつかめない。乾杯の時、ミツローさんから正式な紹介があるかと思って身構えていたら、ミツローさんは一言、

「かみさんの鳩子です、よろしく」

そう言っただけだった。それから、待ってましたとばかりに、家族みんなで乾杯をした。

「お疲れさん」とおとうさん、「おめでとう」とおかあさん、「おかえりー」とお姉さん。QPちゃんとお姉さんの息子の雷音《らいおん》君には、オレンジジュースが配られている。

お姉さんが自らつけたのか定かではないが、雷に音と書いて、ライオンと読むそうだ。こんな秘境にも、キラキラネームの波が押し寄せている。雷音君とQPちゃんは、いとこ同士の関係だ。

私達は、途中のドライブインで晩ご飯を済ませている。そのことは事前に伝えてあったし、おとうさん達もすでに食事を終えている。それでもおかあさんが、ちょこちょこと晩ご飯の残りを出してきた。

うまく説明できないけれど、なんとなく、鎌倉とは時間の流れ方が違う気がした。鎌倉だって、都会と比べれば時間の流れはゆっくりのはずだ。けれどここでは、時間が止まるか止まらないかギリギ

リのところで、けれど止まらずに進んでいる。

ビールだけ飲むのもなんなので、枝豆に手を伸ばす。隣接する台所のテーブルに、いつも鎌倉に送ってくれるこんにゃくゼリーの袋が置いてあった。

「おばあちゃんは？」

途中で気になってたずねると、

「もう寝ちゃったみたい」

ミツローさんが教えてくれる。明日、いよいよおばあちゃんに会えると思うとワクワクする。

ＱＰちゃんは、ミツローさんのおとうさんのあぐらの上にちょこんと座って、さっきから熱心にトウモロコシをかじっていた。おとうさんの方は、熱心にテレビの野球中継に見入っている。

家族というパンドラの箱の蓋が、開いたような気分だった。

こんなに大勢の人が家族としてひとつ屋根の下にいるということを、私はまだ現実のものとして信じられない。

食器棚の上には、たくさんの写真が並んでいる。花瓶には、日に焼けて色あせた造花が飾られている。昔懐かしい金魚鉢、表彰状を飾った額縁、トロフィー、こけし、招き猫。透明なビニール袋をかけられたアイボもいる。茶の間の中だけでも、カレンダーが三枚あった。

茶の間の一角には、ぶら下がり健康器もある。けれど、もうぶら下がる人が誰もいないのか、そこには洗濯物が干されていた。廊下には、まだ買ったばかりと見られる立派なマッサージチェアーが鎮座している。

私の住んでいる家とは、別世界だ。正直、最初はあまりに物が多くて圧倒されそうになったけれど、きっとどの物にも、歴史があって物語があるのだろう。

みなさん早寝早起きの生活なのか、晩酌は瓶ビール二本をあけてお開きになる。おかあさんがお風呂の用意をしてくれたので、先にお風呂を使わせてもらった。

お風呂から出た時には、すでに茶の間には誰もいなくて、テレビも電気も消されていた。迷子にならないよう気をつけながら、忍び足で廊下を歩く。階段を探して二階に行くと、電気がついている部屋がひとつだけあって、そっと覗くとそこにミツローさんがいた。どうやら、ＱＰちゃんはジージとバーバの部屋で寝たらしい。ミツローさんが使っていたベッドの横に、布団が一組敷いてある。

「なんか、変な気分だね」

バスタオルで髪の毛を乾かしながら、私は言った。

「なんで？」

ミツローさんはベッドの上にあぐらをかいている。

「だって、ここに少年時代のミツローさんがいたわけでしょう？　そこに、私もいるわけでしょう？」

けれど、この気持ちをうまく伝えるのは難しかった。ミツローさんは、何を今更当たり前のことを言っているのだろう、という顔をしている。ミツローさんにとっては肌になじんだ実家でも、私にとっては異国の地にいるようなものなのだということが、理解されていないのだ。

「俺も、風呂入ってくるわ」

ミツローさんが部屋を出て行く。なんていう人生の大転換なのだろう。しみじみと、そう思った。まさか、四国のこんな山奥に、夫の実家ができるなんて。人生って、本当に何が起きるかわからない。

電気をつけたままうとうとしていたら、ミツローさんがトランクス姿で戻ってきた。

「もう、大丈夫？」

私がたずねると、何が？　という顔でミツローさんがきょとんとする。

「ムカデにさされたところ」

私が言うと、

「あー、鳩ちゃんがすぐに来て応急処置をしてくれたから、もう痛いのはなくなった。ありがとう」

ミツローさんはそう言いながら、電気の紐をひっぱって明かりを消す。明かりを消しても、真っ暗にはならなかった。カーテンの生地を通して、外の光がもれてくる。

「こっちにおいでよ」

タオルケットをかけて本格的に寝ようとしたら、ミツローさんに誘われた。ミツローさんのベッドに移ると、ミツローさんを濃縮したような、ミツロー少年の匂いがする。恥ずかしいので、目をぎゅっとつぶった。高校生に戻った気分だった。


翌朝、カエルの合唱で目が覚めた。慌てて着替えて下におりると、すでにおかあさんが、台所で朝食の準備を整えている。早起きして、お嫁さんらしくおかあさんの手伝いをしようと思っていたのに、すっかり出遅れてしまった。

恐縮していると、

「ポッポちゃんは、まだ寝ていていいのよー」

おかあさんが、ほがらかに言う。ＱＰちゃんが私のことをポッポちゃんと呼ぶので、他の人達もそう呼んでくれるようになったらしい。

その時、ふいにトイレのドアがあいて、中からおばあちゃんが出てきた。すかさずおかあさんが、

「ミツローの、お嫁さん」

と私のことを大声で紹介する。私も、ゆっくりと、大きな声で、

「はじめまして、鳩子です」

と挨拶した。

「は？」

とおばあちゃん。どうやら鳩子という名前が、うまく聞き取れないらしい。

おかあさんが説明すると、ポッポちゃんなら覚えられるのか、

「ポッポちゃんよ、ポッポちゃん」

「ポッポちゃん、よう来てくださいましたねぇ」

おばあちゃんが、ちょこんと頭を下げる。おばあちゃんと会えただけで嬉しかった。

朝食後、お茶を飲んでしばらくくつろいでから、みんなで守景家のお墓参りに出かけた。お墓は集落の外れにあるという。昨日はここに着いたのが遅かったから暗くてよくわからなかったけれど、ミツローさんの実家の周りにはえんえんと棚田が広がっていた。稲穂には、すでにお米が実っている。

おばあちゃんも、途中までは手押し車を押して自力で歩いた。いつの間にか、お姉さんと雷音君も合流している。QPちゃんは、雷音君から借りた虫捕り網を動かして、蝶を捕まえようと飛び跳ねていた。おとうさんは手にバケツと柄杓《ひしゃく》を持ち、おかあさんは庭先で摘んできた花を抱えて歩いている。

みんなの後ろ姿を見ながら、私とミツローさんはこっそり手をつないで歩いた。

青空、のどかに鳴く鳥の声、棚田、コスモス、小さな祠《ほこら》。なにもかもが、美しかった。

舗装された道が終わったので、ミツローさんとお姉さんがおばあちゃんの体を両サイドから支えるようにして畦道《あぜみち》を進んでいく。

先にお墓に着いたおとうさんとおかあさんが、墓石に水をかけ、花を入れ替えていた。大きな木の

下に、いくつかの素朴な墓石が無造作に並んでいる。

木の幹に折りたたみ椅子がかけてあったので、私はそれを持ってきて平らな場所に広げた。そこへ、おばあちゃんを座らせる。すでに、お墓の前のろうそくには火が灯っていた。おかあさんが、ろうそくからお線香の束に火を移した。

「じゃあ」

お墓の前に、家族が一列に並ぶ。

私も、ミツローさんの隣にしゃがんで、目を閉じて、両手を合わせた。全員が、静かに祈りを捧げる。

するとそこへ、いきなりおかあさんの声がした。

「みゆきちゃーん、ミツローがねー、新しいお嫁さんを連れてきたよー。鳩子さんっていう名前だから、ポッポちゃんなんだってー。はるちゃんも、こんなに大きくなったから、安心してねー」

途中でお姉さんが、ママ、と鋭い声で制したけれど、おかあさんは気に留めることもなく、最後まで続けた。私もうすうす気づいていたけれど、ここにはミツローさんの前の奥さんが眠っているのだ。ミツローさんが話したがらないので、私もあえて聞かなかった。だから、前の奥さんの名前も知らなかった。でも、ミツローさんの実家に来てしまったら、見ざる、言わざる、聞かざるを通すのは無理だ。

お姉さんは、私のことを気遣って、さっきおかあさんを止めようとしてくれたのだろう。でも、私は逆におかあさんの言葉で救われた。なんとなく、みんなが私に遠慮してそのことに触れないようにしていることの方が、私にとっては辛かった。

おかあさんが、少々荒っぽいやり方ではあったけれど、突破口を開いてくれた。ちゃんとそのことに向き合っていいのだと、おかあさんに背中を押されたような気分だった。

お墓参りを終え、みんながぞろぞろと坂道を下りていく。私とミツローさんは、また最後尾になった。

「みゆきさんっていうんだね」

私が言うと、ミツローさんは私の手を握りながら、

「ごめん」

ぽつりと言った。

「なんでミツローさんが謝るの？」

私が聞くと、

「だって、鳩ちゃんに余計な気を遣わせてると思って」

ミツローさんがうなだれる。

「辛くない？」

と改めて聞かれた。どういう言葉を選べば、今のこの心の色を正確に伝えることができるのだろう。

「辛いとか、そういうんじゃないよ。でも、みゆきさんが、可哀想。あんなにかわいい娘がいるのにさ。無念だったろうと思うと、悔しくて」

言葉にするうち、涙があふれて止まらなくなった。

「でもさ」

私は続けた。

「みゆきさんが痛くて悲しい思いをしなければ、私はミツローさんに会えなかった。ＱＰちゃんにも、会えなかったわけでしょう。私の今の幸福は……」

そこまで言ったら、ミツローさんにぎゅーっと抱きしめられた。今の私の幸福は、みゆきさんの犠牲の上に成り立っている。みゆきさんがあんな事件にあわなかったら、私はミツローさんと結婚していないのだ。

早く泣き止まなくちゃと思うのに、私はミツローさんの胸を借りて、わーんわーんと、声を上げて泣いてしまった。ミツローさんも、泣いていたのかもしれない。

「ポッポちゃーん！」

遠くから、ＱＰちゃんが私を呼んでいる。ミツローさんの胸元から顔を離すと、ミツローさんのＴシャツがおねしょしたみたいにびしょ濡れになっていた。

「ごめん」

私が謝ると、

「いいよ、どうせすぐ乾くから」

ミツローさんが、私の頭をくしゃくしゃと撫でながら言った。それからまた、ふたりで手をつないで実家に帰った。

午後は、お姉さんが営むカフェにコーヒーを飲みに行く。ＱＰちゃんは雷音君と一緒にいたいらしく、ジージとバーバに連れられて日帰り温泉に遊びに行った。私とミツローさんがふたりっきりになれるよう、家族総出で画策しているのかもしれない。私とミツローさんは、昨日から恋人同士のようだった。

元郵便局のカフェは、失礼だが、お姉さんの外見からはちょっと結びつかないほど素敵な雰囲気だった。いい意味で、予想を見事に裏切られた。小さな木造の建物の入り口には赤いポストが立っていて、店内には、古い切手や絵葉書、配達に使われていた自転車などが飾られている。いくつもの花瓶に花が活けられ、心地よい風が吹いていた。耳をすますと、小さくピアノの音が聞こえてくる。

「気に入った？」

私が放心状態でいると、ミツローさんが嬉しそうに私の顔を覗き込んだ。

「こう見えて、ねーちゃんは昔、スタイリストやってたからね」

ミツローさんにとって、お姉さんは自慢なのだ。

「みっちゃん、いい子と出会えて、よかったじゃない」

お姉さんが、ネルのフィルターでコーヒーを淹れながら言った。

「はい、おっしゃる通りです」

ミツローさんがおどけてみせる。

「さっきは、ママがごめんねー」

淹れたてのコーヒーをカップに注ぎ、お姉さんが私の前に出しながら言った。お墓参りでのことを言っているのだと、すぐにわかった。

「いえ、大丈夫です。逆に、ホッとしました」

私が言うと、

「そっか、ならよかった。私も弟も、いろいろあったから。ほんと、人生いろいろだよねぇ」

お姉さんは、窓の外を見ながらため息をつく。

「ねーちゃんは、結婚した男がＤＶでさ」

そう言った後、ミツローさんはお姉さんの淹れたコーヒーを飲んで、おいしいとつぶやいた。確かに、香りがよくてふくよかで、味わい深いコーヒーだった。

「私ってね、男を見る目が本当にないの。つい、同じタイプの暴力男に引っかかっちゃう。でも、弟は見る目あるから、大丈夫」

お姉さんが、ニヤニヤしながら言う。

「ちょっと……」

何かを言いそうになったお姉さんを、ミツローさんが制した。すると、お姉さんが私の耳元で、

「この子はねー、昔っから色が白くておっぱいがお椀型の女に弱いの」

と、うんと声をひそめてささやいた。くすぐったくて、思わず声を上げて笑ってしまう。

「ねーちゃん、俺のかみさんに変なこと言わないでよね」

ミツローさんが、ぷいっとふくれている。もしかして、私とみゆきさんは、似ているのだろうか。

「みゆきさんって、どういう字を書くんですか？」

なんとなく、ずっと気になっていた。

「美しいに、雪」

お姉さんが、遠くにきれいな雪景色を見るような表情で答えた。ミツローさんは、黙ったままだった。

「それにしても、仲がよくって、いいですね。お姉さんとミツローさん」

取りつくろうように私が言うと、

「そんなに仲がいいかな？」

「昔はよく喧嘩して、泣かされてたよ」

姉と弟にそんな自覚はないらしかった。

でも、ひとりっ子の私の目から見ると、姉と弟でこんなふうに屈託なく話せるのは、羨ましい限り

だ。血のつながりも、捨てたものじゃない。

そんなことを思っていたら、

「あんた達も、早く子ども作っちゃいなよ」

お姉さんが、いきなり踏み込んだ発言をする。

「もちろん、こんなこと言う筋合いはないけどさ、はるなだって、ひとりじゃ寂しいんじゃない。昨日から、雷音のこと離さないし」

「そうなんですよね。実は、七夕の願い事に、弟か妹がほしい、って書いてあって」

私が打ち明けると、

「でしょう？　私も、DV夫のことはどうでもいいけど、子どもはあとひとり、作ってから別れればよかったって後悔してるもん」

お姉さんが、腕組みをする。

「みっちゃんはどうなの？」

お姉さんにたずねられ、

「俺はほしいけど、鳩ちゃんのこと考えるとさ……」

ミツローさんは、口ごもった。

「えっ、ポッポちゃんが拒んでるの？」

単刀直入な言い方をするので、

「いいえ、そういうわけではないんですけど。今は、QPちゃんだけのおかあさんでいたい、っていうか。子どもをふたりも育てる自信がないし、経済的にもどうかな、って」

私まで、しどろもどろになってしまう。

「そんなこと言ってると、私みたいにすぐに産めなくなっちゃうんだからー」

お姉さんは笑いながら言った。そのことは、本当に考えなくてはいけない課題だった。でも、子どもが宿題を一日延ばしにするみたいに、私もなんだかんだと理由をつけて真正面から向き合うのを避けている。

「大変ですねぇ」

おどけた調子で私が言うと、

「そりゃ、生きていくってことは、大変よ。ままならないことばっかりなんだもの」

お姉さんもそう言って、残りのコーヒーをきゅーっと一気に飲み干した。

夜はみんなで回転寿司を食べに行き、次の日は、ミツローさんが車で高知を案内してくれた。本当はおかあさんの手伝いをしたりしたかったのだが、いいからいいから、とまた今日も家を追い出されてしまう。

QPちゃんは雷音君のそばを離れたくないようで、昨日に引き続き別行動だ。今日は、お姉さんがふたりの面倒を見てくれている。

「なんだか、私達ばっかり遊んじゃって、申し訳ない気がするけど」

レンタカーの助手席に乗り込みながら私が言うと、

「いいんだよ、向こうも自分達のやりたいようにしたいんだから。それより、これからどこに行こうか」

ミツローさんが、真剣な眼差しでカーナビをいじっている。

「川が見たいな」

私にとって、高知と言えば川のイメージだ。鎌倉には、海も山もあるけど、川は滑川《なめりがわ》くらいしかない。

　でも、高知の海と山は、私が慣れ親しんだ海と山とは、スケールが違った。海も山も潔すぎるくらいにバーンと大きく開いていて、少しも出し惜しみをしない。人も、そうだ。来る人を、少しも拒むことなく、どかんと受け入れてふにゃふにゃになるまでもてなしてくれる。人も自然も、高知はいろんな意味で気持ちいいほどに豪快だった。

　ゆっくりとドライブを楽しみながらミツローさんが案内してくれたのは、仁淀川《によどがわ》という川だった。車を停めてしばらく歩くと、ゴォォォォォという滝の音が聞こえてくる。空気が、みずみずしくなっていく。

　目の前に滝壺が現れた時は、あまりの美しさに自分が天国に舞い降りたような気分になった。水が澄んでいて、深い底の様子まではっきりと見える。水は、完全な青だ。青い水というものを、私は生まれて初めて見た。

「仁淀ブルーっていうらしいよ」

　ミツローさんが教えてくれる。

「気持ちいいね」

　水の中を、小さな魚が泳いでいる。

「川に来るんだったら、水着でも持ってくればよかった」

　ミツローさんが残念そうな顔をする。でも私は、足を浸せるだけで十分だった。

　スニーカーを脱いで、そっと水底にかかとをつける。ミツローさんに手を握ってもらってゆっくりと立ち上がると、土踏まずに、ころころとした丸い石が当たった。

　水は、とても冷たい。けれど、水にぎゅっと抱きしめられているようで気持ちよかった。十秒以上足を浸していると、冷たくてつま先が痛くなる。

石の上に上がり、冷えた足先を日向に干して温めた。目を閉じると、まぶたの裏に赤いマーブル模様が広がってゆく。ここでは、鳥の声までが豪快だ。

足を投げ出したままぼんやりしていたら、これさ、と言ってミツローさんがリュックの底から何かを引っ張り出す。そして、小さな青い箱を私の前に差し出した。

「おふくろから、鳩ちゃんに、って。自分で渡せば、って言ったんだけど、そういうのは姑からのパワハラみたいで嫌だ、ってよくわかんないこと言ってた。とにかく、気に入らなければ気に入らないで構わない、って」

ゆっくりと蓋を開けると、そこには指輪が入っていた。

「エメラルド？」

ミツローさんにたずねると、

「若い頃、親父にもらったらしい。気に入ってたんだけど、おふくろの指には、もう入らなくなったから、って言ってたよ。子どもの入学式とか卒業式とか、だいたいいっつもこれはめてたから、なんとなく覚えてる」

ミツローさんが言った。左手の中指にはめてみると、ぴったりだった。

「いただいちゃって、いいの？」

「もし鳩ちゃんが気に入ったのなら」

この指輪には、守景家の歴史が詰まっている。正直、私にはまだ早いかもしれない。でもいつか、この指輪が似合う大人になりたい。

お昼を食べるため、一旦車に戻った。ミツローさんのおとうさんの一押しだという鍋焼きラーメンを食べに行き、それからまた川を見に別の場所に向かう。

川もまた炎と一緒で、いくら見ても見飽きることがない。川を前にして、ミツローさんから子ども時代のことを聞いたりするのは、至福だった。次回はQPちゃんも一緒に来て、キャンプでもできたらいい。カヌーをしたり、川で泳いだり、魚をとったり、川の周りではいくらでも遊ぶことができる。

帰りは、道の駅に寄ってもらい、あれやこれやとお土産を物色する。そして夕方、ミツローさんの実家に戻った。

玄関を開けて茶の間に入った瞬間、バンッ、とクラッカーが盛大に鳴る。驚いていると、せーの、と合図があり、

「ポッポちゃん、ミツロー君、結婚、おめでとう！」

の声が響く。呆気にとられて突っ立っていると、さぁさぁ、と誕生日席に座らされた。茶の間には、家族以外の人もいて、食卓には、所狭しと大皿料理が並んでいる。

今日一日かけて、家族総出でサプライズの準備をしてくれていたのだ。

乾杯をし、にぎやかな「お客」が始まった。高知では、宴会のことをそう呼ぶという。

食卓の大皿に盛られているのは「皿鉢《さわち》料理」で、私も噂では聞いたことがあるけれど、実際目にするのは初めてだった。

「好きなのを、じゃんじゃん食べて」

おかあさんから言われたものの、たくさんありすぎてどれから手をつけていいかわからない。

「ミツロー、ちゃんと鳩子さんに料理の説明をしてあげなさい」

すでに顔を赤くしているおとうさんが、ミツローさんにはっぱをかける。他の人が私を気安くポッポちゃんと呼ぶなか、おとうさんだけは頑なに鳩子さんと呼び続ける。そういうところも、どことな

くミツローさんと似ている。

「これが、カツオのたたきで、こっちが金目鯛の刺身。あと向こうがツガニで、こっちの皿に出てるのが、ウツボの唐揚げ」

おとうさんに背中を押されたミツローさんが、教えてくれる。

「ツガニ？」

私が聞き返すと、私達の会話を横で聞いていたおとうさんが、嬉々《きき》とした表情で教えてくれる。

「ツガニっていうのはね、鳩子さん」

けれど、その説明が長かった。途中からミツローさんは、反対側にいた親戚のおばさんと話し込んでいる。要するにおとうさんは、ツガニは上海ガニよりもおいしいのだ、ということを言いたいらしい。

食卓に並ぶ皿鉢料理だけでもすごいのに、おかあさんとお姉さんが次々と新しい料理を運んでくる。

「はい、こけら寿司」

「鯖寿司は、あそこのおばちゃんが作ってきてくれたの」

その上、あっちからもこっちからもお酒が注がれてしまう。しかも、杯にはわざと穴が開けてあって、一気に飲み干さないといけない仕組みなのだ。隣に座っていたミツローさんが、ベクハイという のだと教えてくれた。けれど私もすでに酔いが回っていて、ベクハイを漢字に変換することができない。

時計を見たら、まだ九時にもなっていなかった。それなのに、すでにもう皆さんかなり出来上がっている。呑んべえが多いとは聞いていたけれど、これほどすごいとは想像していなかった。

料理が一段落ついたのか、おかあさんもお姉さんも席についてコップでお酒を飲んでいる。中にはすでに酔いつぶれて、マッサージチェアーで眠っている人もいた。

するとそこへ、いきなり大声が響き渡った。喧嘩が始まったのかと身構えたら、どうやらそうではないらしい。

「いらっしゃい！」

威勢のいい掛け声が響き、ふたりの男性が向かい合ってそれぞれ手を差し出している。

「ほら、前に箸拳《はしけん》のこと、話さなかったっけ？」

ミツローさんがルールをかいつまんで教えてくれた。箸拳とは、箸を使ってやるジャンケンのようなもので、高知ではかなり人気があるらしい。負けた方が、罰としてお酒を飲む。

ミツローさんとお姉さんも、箸拳で勝負した。私やＱＰちゃんの前ではいつも穏やかでおっとりしているのに、箸拳をするミツローさんは別人だ。ふだん声を荒らげることのないミツローさんが、大声で叫ぶ姿が凜々《りり》しかった。やっぱりこの人にも土佐の血が流れているのだな、と正直惚れ直した。

私の横に座っていたミツローさんのおとうさんが、私に何度も、

「鳩子さん、ミツローをよろしくお願いします」

と言っては頭を下げる。おとうさんは、そんなにお酒が強くないのかもしれない。酔っ払って、同じ言葉を繰り返している。

みんなが思い思いにお酒を飲んでいるので、私は途中から席を立ち、おばあちゃんの隣に移動した。特別会話は交わさなくても、ただおばあちゃんのそばにいるだけで、心が落ち着くのだ。本当は先代も、こういう普通のおばあちゃんになりたかったのかもしれない。

ひとり、ふたりと酔いつぶれる人が増え、少しずつお開きになっていく。私も、適当に後片付けを手伝ってから、頃合いを見て、ミツローさんと部屋に戻った。最初はよその家の匂いがしていた布団

が、だんだん慣れて、そんなに違和感を感じなくなっている。

ミツローさんと、しばらく布団の上でゴロゴロした。


「今度はぜひ、どろめを食べにおいでね」

車に乗り、助手席の窓を全開にする。QPちゃんも、落っこちそうになるほど身を乗り出して、手を振っている。私も、感極まって思わず泣きそうになった。ミツローさんが車を発車させても、誰ひとり家の中に戻ろうとはせず、いつまでもいつまでも手を振り続けている。

「楽しかったー。どうもありがとう」

とうとう堪えきれずに、涙があふれた。ミツローさんの家族と別れるのが、心の底から名残惜しかった。

帰る間際、ミツローさんのおかあさんとお姉さんから、個別に、ミツローをよろしくと頼まれた。おとうさんからも、昨夜、さんざん同じことを言われた。おばあちゃんからも言われた。みんな、気にしていないふりをして、その実、ミツローさんがちゃんと幸せになることを、心の底から願っている。私には、その気持ちが痛いほどわかった。

実家を出る前、茶の間に並ぶ写真を見た。それまでは、なんとなく心がざわめいて、あえて見るのを避けていた。でも、本当はずっとずっと気になっていた。

ミツローさんの子どもの頃の写真や、お姉さんの成人式の写真に交じって、まだ赤ちゃんのQPちゃんを抱く美雪さんの姿がある。家族全員が家の前で並んで撮った、集合写真もあった。

今回の帰省は、美雪さんから私への、引き継ぎの意味もあったのかもしれない。私は、美雪さんから大切なバトンを手渡されたような気がしてならない。ミツローさんとQPちゃんという宝物を美雪さんから託された意味を、私はミツローさんの実家にいる間中、ずっと考えていた。

ミツローさんと結婚したら、ＱＰちゃんというおまけがついてきて、私はすごく嬉しかった。でも、おまけはＱＰちゃんだけじゃなかったのだ。おばあちゃんやおとうさん、おかあさん、お姉さんという家族ができた。その家族という木の枝葉は、際限なく広がっていく。そして、おまけと言ってしまっては失礼だけれど、美雪さんもまた、私にとっての嬉しいおまけなのだと思った。

「私はずっと、家族の温もりってどういうものかわからなかったけど、今回高知にきて、家族ってどういうものか、ちょっとわかった気がするよ」

前を向いたまま、ミツローさんに言った。車は、緑のトンネルの中を走っている。窓を開けているので、風の音で聞こえないかもしれない。そう思っていたけれど、どうやらミツローさんの耳には届いていたらしい。

「よかったね」

ミツローさんが穏やかに笑う。

「自分の知っている世界なんて、ほんとにわずかなんだなーって、高知に帰ってくるたびに思うよ」

ミツローさんが続けた。

「そうだね、高知にいると、世界の広さを感じるね。観音開きの扉を、バーンと世界に向けて思いっきり開けている気がしたよ。

みんな、すごく太っ腹だし」

しばらくしてから、ミツローさんがぽつりと言った。

「鳩ちゃん、お願いがあるんだけど」

「何？」

ガムでも口に入れてほしいのかと思ったら、そうではなかった。

「俺よりも、絶対に長生きして」

ミツローさんは、そのことを私にずーっと伝えたかったのだということが、ミツローさんの表情から読み取れた。実家に帰って、やっとそのことを言葉にできたことを思うと、切なくなる。運転中だから今は無理だけれど、ミツローさんを思いっきり抱きしめてあげたかった。

「がんばる」

私は前を向いたまま言った。

「確約はできないけど、でもそうなるように一生懸命努力はする」

景色を眺めるふりをして、私はしばらく外を向いたまま涙を流した。多分、ミツローさんも泣いていた。ボリュームをあげたラジオのＤＪが、明日の天気を伝えている。

むかごご飯

夏が終わり、キンモクセイの香りが日に日にかしましくなってきた。

Ｊクレオパトラとリチャード（半）ギアの戦いは、まだ続いている。いい加減、さじを投げたい気分だが、プロの代書屋を名乗る以上、そうも言っていられない。

さてと、今度はどう応戦しようかと頭を悩ませていると、男爵が現れた。

「よぉ」

手に、大きな紙袋をさげている。

産休に入ったパンティーは、実家に里帰り中だ。生まれたらすぐに男爵も行く、というところまではパンティーから聞かされていた。

「冴えねぇ顔してるじゃねーか」

男爵が、さっそく憎まれ口を叩く。

「冴えない顔は昔からですよーだ」

飲み物を出そうと立ち上がりかけたら、

「いい、いい。今、片付けで忙しいから」

男爵は早口にそう言って、紙袋の中から機械のようなものを取り出した。男爵が、着物の袖で表面のほこりを払っている。机の上に置かれたのは、タイプライターだ。

「えっ、どうしたんですか？　これって、オリベッティじゃないですか」

「よく知ってるじゃねーか」

「しかも、レッテラ22ですよね！」

まさか、男爵の紙袋からそんなものが出てくるとは、思いもしなかった。けれど、オリベッティといえば、イタリアを代表するオフィス機器メーカーで、知る人ぞ知る老舗《しにせ》企業だ。そこの顔とも言えるのが、このレッテラ22と名付けられたタイプライターなのである。

「やっぱり、なめらかで綺麗ですねぇ」

キーの表面を軽く撫でながら、ため息まじりに言った。私も、実物を見るのは初めてだ。ここからワープロができ、更に進化してパソコンが誕生した。

「気に入ったか？」

男爵にたずねられたので力強くうなずくと、

「使ってくれ。赤ん坊が生まれるまでに部屋片付けねーと、怒られるからさ」

男爵が、ぶっきらぼうな口調で言う。

「えーっ、ってことはこのタイプライター、まだ現役なんですか？」

てっきり、ディスプレー用かと思った。

「当たり前だろ。ちゃんと修理に出して、今すぐにでも打てる状態にしてあるよ。それよりも、使い方、わかるのか？」

男爵が、苛立たしげに言う。

「教えていただけると嬉しいです」

私が頭を下げると、

「紙持って来い」

男爵がいきなり怒鳴った。とにかく早くしなければ、と焦ってしまい、そばにあったオニオンスキンペーパーの便箋を一枚手渡す。男爵は、その薄い水色のオニオンスキンペーパーを、レバーをあげてするするとタイプライターに滑り込ませた。それから、横についているネジを回して、紙の位置を調節する。

「なんて打ってほしい？」

男爵が聞くので、これまた早く答えなければ雷が落ちると焦ってしまい、思わず「I love you」と答えてしまった。せっかちな男爵を前にすると、私はいつだって上がってしまう。

男爵にバカにされるだろうと思ったけれど、男爵は何も言わず、シフトを押せば大文字になる、赤い色を使いたい時はこうすればいい、など淡々と教えてくれる。どうして男爵がこんなものを持っているのか気になったものの、聞けばまたプライバシーの侵害だ、などと怒られるのがおちなので、黙っていた。

「音がいいですね」

男爵の打つキーの音を聞きながら、私は言った。ためらいがちに空から雨が落ちてくるような響きだった。紙には、大文字と小文字をおり交ぜた、様々な「I love you」が並んでいる。

「文字を打つ重みってのがあるからな。でも正直なところ、パソコンのワープロソフトを使った方が、ずっと便利だよ。あっちの方が指は疲れねーし、間違っても直せるしな」

鳩子もやってみろ、と言われて席を代わる。キーの下に、机が透けて見えるのが新鮮だった。まずはさっき男爵が手本を見せてくれたのを思い出し、レバーに紙をはさみ込む。

タイプライターには、キーがそれぞれひとつひとつの文字と連なっていて、なんだかピアノの仕組みと似ている。ピアノは音を奏でるけれど、タイプライターは文字を刻む。

加減がわからず、遠慮して軽めに打ったら、文字がうっすらとしか出なかった。

「もっと思いっきり打たないと」

男爵にはっぱをかけられ、力を込めてキーを叩く。

今度ははっきりと、小文字のmが現れている。

「本当にいただいちゃって、いいんですか？」

おそるおそるたずねると、

「こんなの持ってても、宝の持ち腐れだしよ。それにちゃんと部屋片付けねーと、あいつが騒ぐから。もうすっかりかかあ天下になっちまったよ」

男爵が面倒臭そうに言う。

「予定日、いつなんですか？」

私からの問いかけに、

「ひ・み・つ」

男爵が目を細める。

じゃ、と片手を上げて男爵が店を出た。背中から、父親になる喜びがあふれている。もしも私が妊娠したら、ミツローさんもQPちゃんも、きっと男爵みたいに喜んでくれるのだろう。

男爵が帰ってから、もう一度椅子に座り直して、オリベッティに触れる。姿勢を正し、新しい紙を入れ、タイピストになった気分でキーをすばやく打ってみる。

タタッタタタタッタタッ。

まるで、タップダンスの練習をしているみたいだ。

かつて地球儀が置いてあったスペースを片付けて、そこに置くのがいいかもしれない。

秋になり、今年も代書の依頼が増え始めた。空気が冷たくなると、人恋しくなって手紙が書きたくなるのかもしれない。

その女性がやって来たのは、小春日和《こはるびより》を絵に描いたような秋晴れの日だった。代書依頼のお客はたいてい夕方にかけてやって来ることが多いのだが、彼女はお昼過ぎに現れた。

先週末、ＱＰちゃんと作ったキンモクセイのシロップをお湯で割ってお出しする。見た感じで、あまり年齢はわからない。

「久しぶりの、外出なんです」

目深に帽子をかぶったまま、ヤドカリさんはささやいた。自分は半分引きこもりなのでそう呼んでください、とヤドカリさんが自ら申し出たのだ。ヤドカリさんは、一言一言を発するのに、とても長い時間を要した。

どうせお客がひっきりなしに来るような店でもないので、気長にヤドカリさんの言葉を待つ。ヤドカリさんの口調は、まるで小鳥が喋《しゃべ》っているようだった。

でも実際は、おなかの中でこんがらがっていた言葉の糸の固まりを、喉の奥に指を突っ込んでいちいち吐き出すような苦しい作業を繰り返しているのかもしれない。

本当は背中を撫でて少しでも楽にしてあげたかったけれど、そうすると逆にヤドカリさんをびっくりさせてしまいそうだから、とにかく私はヤドカリさんがひとりで静かに闘うのを見守るしかない。

「好きな人がいるんです」

そこまで辿り着くのに、すでにヤドカリさんが店に来てから十五分以上が経っていた。

「そうなんですね」

私は静かに相槌《あいづち》を打つ。

「相手の方は、どんな方ですか？」

ヤドカリさんが殻の奥に引っ込んでしまわないよう気をつけながら、ピンポン玉をスローモーションで打ち返すようにそっとたずねた。

「優しい人です」

うつむきながらも、ヤドカリさんはきっぱりと答えた。

「どんなふうに、優しいんでしょうか？」

あまり尋問っぽくならないよう気をつけつつ、もう一度、ピンポン玉をスローモーションで打ち返す。ヤドカリさんは、しばらくの間、机に飾ってある吾亦紅《われもこう》の花を見つめていた。それから、おもむろに言った。

「私が何も話せない時は、ただ黙って私のそばにいてくれます。泣いている時は、ハンカチを貸してくれます。笑いたい時は、一緒に笑ってくれます」

「すてきな彼ですね」

私が言うと、

「彼ではありません。たぶん向こうも、私のことを好いてくれているとは思うんですが……。お互いにこんな性格だから、どっちかが言い出さないと、このまま一生平行線のままです」

ヤドカリさんが、黙り込んでしまう。私も一緒に口をつぐむ。

そのまま沈黙の時間が流れていたが、不意に、ヤドカリさんが声を上げた。

「だから」

ヤドカリさんは誰かに背中を押されたような口調だった。

「告白の手紙を書いてほしいんです」

最後、ヤドカリさんは泣きそうな顔になっていた。

ヤドカリさんを見送った後、あまりにもいいお天気なので、万年筆の大掃除をする。年がら年中湿度の高い鎌倉にあって、今日は珍しいほど湿気が少なく、からりと晴れている。こんなに気持ちいい日は、一年に一回あるかないかだ。万年筆の大掃除には、うってつけである。

今、私の手元には五本の万年筆がある。そのうちの二本はカートリッジ式で、残りの三本が吸入式だ。吸入式のうち、一本は晩年先代が愛用していたセーラー万年筆で、ペンポイントがナギナタみたいに細長く研がれているのが特徴である。

もう一本は、先代が私の高校入学の時のお祝いに買ってくれたウォーターマンのル・マン100、そして残る一本が、男爵から頼まれて借金を断る謝絶状を書く時に使ったモンブランである。

万年筆は、なるべくしまい込まずに日々使い込むようにしているが、それでも間が空いてしまうとインク詰まりを起こし、書き味が悪くなる。そんな時は、ペン先を水洗いするのだ。カートリッジ式でも吸入式でも、水洗いは可能である。

ヤドカリさんの話を聞いている時から、今回の手紙には、先代が愛用していたセーラー万年筆がふさわしいのではないかと感じていた。ペンポイントが長い分書き心地がなめらかで、ヤドカリさんの、決して饒舌《じょうぜつ》とは言えない言葉をうまく引き出してくれそうな気がする。

それに、ヤドカリさんはものすごく繊細だ。その細やかな心の機微を文字にするのには、この風土に根付いた国産の万年筆の方が合っている。

海外の万年筆はアルファベットを書くために丸く研がれているけれど、この万年筆はペンポイントに幅があるので、持つ角度によっては、極細の字から太字まで自在に書けるのだ。日本語に多く見られるトメやハネ、ハライも、まるで筆で書くように微妙な線まで表現できる。

ただ、私にとってこの万年筆は重たかった。物理的な重さではない。セーラーの万年筆が、まるで先代そのもののように感じられてしまうのだ。時に扱いにくく、時に偉大すぎて、気がつくと無意識のうちに遠ざけてしまう。私にとっては、手にするのにとても覚悟を要する万年筆なのだ。だから、必要に迫られる時以外は、ほとんど使っていなかった。

まずは残っているインクを、インク壺に戻す。

インクを戻したら、一度軽くペン先をティッシュで拭いて、ペン先を胴から取り外す。それを、水を入れたコップに沈める。すぐに水が真っ黒になるので、何度か水を替えて洗浄した。最後に、首軸からペン先に向けて水道の水を流し、中を丁寧に洗い流す。ペン先についた水滴を柔らかい布でふいて、あとは自然乾燥させるのである。

先代がいた頃、万年筆の洗浄は私の仕事だった。先代がインクを入れっぱなしにすることはほとんどなく、少しでも間が空くと、すぐに水洗いさせられた。それに較べると、私はずぼらすぎる。気がつくと、インクを入れたまま引き出しの奥で眠らせている。

数日後、きれいになったセーラー万年筆に、インクを吸入した。

どうか、ヤドカリさんの願いが届きますようにと祈りながら、ペン先をインク壺に浸して、コンバーターを回転させる。ストローで吸い上げるように、インクがせり上がってくる。昔から、この感触が好きだった。自分自身が、極上のジュースを飲んでいるような満たされた気分になる。

インクに選んだのは、緑だ。ふだんの仕事で、緑色のインクを使うことはまずない。皆無と言ってもいいくらいだ。でも、ヤドカリさんの言葉を聞きながら、私にはその言葉がなんとなく緑色に見えていた。

緑というのは、自然界に多く存在する色だ。ヤドカリさんの気持ちも、自然なもの。大地から植物が芽を出すように、ヤドカリさんの心から発生した「好き」という感情に、偽りはない。自然は嘘をつかないし、自分をだましたり欺《あざむ》いたりもしない。正直に生きて、正直に死んでいく。その姿が、私にはヤドカリさんの生きる姿勢と重なった。

それに、緑というのは相手を落ち着かせる色でもある。この色で、深遠なヤドカリさんの心を静かに表現できたらいいと思った。

正式な手紙は縦書きにするのが基本だが、今回はヤドカリさんの初々しさを出したかったので、横書きにする。紙に選んだのは、アマルフィペーパーだ。手すきというと和紙の印象が強いけれど、ヨーロッパでも手すき紙は作られていて、中でもイタリア南部の町アマルフィは、かつて手すき紙の生産が盛んだった場所。今でも、水車を動力として木綿の繊維を石臼ですり潰し、それを型に流すという昔ながらのやり方で、上質な手すき紙が作られている。

コットン百パーセントのアマルフィペーパーは、しっとりとしていて、化粧水をはたいた後の素肌のようだ。紙の四方がすいた形のまま残されており、全体的にとても優しく、透かし文字も入っている。アマルフィの眩しい太陽や紺碧《こんぺき》の海、爽やかな風、豊かな渓谷、すべてが込められたこの紙で、私はヤドカリさんの心を運びたかった。

ヤドカリさんはこれまで、森の中をずっとひとりで歩いてきた。時には道なき道を、荊《いばら》をかきわけながらも歩き続けた。その長い道のりを想像しながら、ヤドカリさんの「好き」という感情にそっと寄り添いたかった。

便箋を前にして、ヤドカリさんの足と自分の足を、柔らかなリボンで優しく結ぶ。それから、ヤドカリさんの肩をそっと抱き寄せ、二人三脚で森の奥へと入って行く。

先日、道ばたに咲く吾亦紅を見つけました。

吾亦紅は、いつだったか、あなたが教えてくれた花ですね。

調べると、「吾木香」とか「割木瓜」などと書いたりもするようですが、私はやっぱり、あなたが教えてくれた「吾亦紅」が合っているように思います。

あの時、あなたはとっさに、「吾もまた紅なりと ひそやかに」という高浜虚子の句を紙に書いて教えてくれました。

覚えてますか？

あの時のメモを、私はずっと今も大切にしています。

私たちは、お互い背中に殻を背負っている者同士だから、いつも空が気持ちよく晴れているとは限りません。それでも、私はこれまで、あなたの優しさに、幾度も幾度も救われました。

決して饒舌でも、面白い話ができるわけでもないけれど、ただあなたは私のそばにいて、同じ景色を見てくれました。

それだけで、私はこの世界で孤独を抱えているのが自分だけではないのだと、安心できるのです。そして願わくば自分も、あなたにとっての、居心地のいいソファでありたいと思うのです。

最近になって、私はようやく、高浜虚子の読んだ句の意味を、深いところで理解できるようになった気がしています。

私も、吾亦紅といっしょです。

人並みに、あなたへの想いで、この胸をあかく染めているのです。

あなたは、吾亦紅の花言葉を知っていますか？

今の私は、あなたのもとへ、吾亦紅の花言葉を届けたい気持ちでいっぱいです。

いつか、あなたと、手をつないで森を歩けたら、どんなに幸せでしょう。

書きながら、何度も立ち止まって、梢《こずえ》の間から空を見上げた。眩しいくらいの青空を感じた。

二人三脚で結んでいたリボンをそっとほどき、セーラー万年筆を置く。そんなことはないのだろうけど、万年筆が勝手に動き出して文章をつむいだようだった。

人知れず楚々《そそ》と咲き、風に揺れる吾亦紅の姿が、ヤドカリさんや、会ったことはないけれど、ヤドカリさんが想いを寄せる男性の姿と重なった。吾亦紅のエピソードは、ヤドカリさんが、この間帰る間際に教えてくれたのだ。

それにしても、こんなふうにセーラー万年筆と自分が一体化できたのは、初めての経験だった。書いている間、私は少しも重さを感じなかった。まるで自分の指先から直接インクが出ているようで、便箋の表面に優しくくちづけをするような、甘美な書き心地を味わっていた。

翌朝、もう一度読み返して最終チェックをしてから、封を閉じる。閉じる時、便箋と一緒に文香《ふみこう》をしのばせた。こうすれば、相手が封を開けた時に、奥ゆかしい香りがふわりと漂う。香りも、ヤドカリさんの雰囲気にぴったりだ。ヤドカリさんの想いが、ひとすじの甘い風となって相手の心に届くことを祈らずにはいられなかった。


鎌倉宮から目と鼻の先の場所に空き物件を知らせる紙が貼られたのは、つい先日のことである。以前は、古本屋だったか、それともアンティーク雑貨を扱う店だったか、はっきりとは思い出せない。

入り口の窓ガラスのすき間から中を覗くと、すでに店内の荷物はほとんどが撤去された状態だった。入り口付近の壁には、いい具合に蔦《つた》の葉っぱが茂っている。

興奮して今すぐミツローさんに知らせたくなったものの、一晩自分の中でじっくり考えた。ミツローさんとQPちゃんが暮らすアパートの、更新の時期が迫っていた。

今の状態は、仕事場と住まいが同じところにあるので、ミツローさんにとっては確かに便利だ。でも、お客の立場からすると、決していい立地とはいえなかった。ミツローさんがいくら頑張っても、このままではお客が来てくれない。

「すっごくいい場所なんだよ」

翌日、私は意を決して電話した。本当はこういう大事なことは会って話すのが一番なのだろうけど、平日なのでそうも言っていられない。私はミツローさんが家にいる時間帯をねらって電話をかけ、単刀直入に空き物件のことを伝える。

「でも、家賃が高くなっちゃうよなぁ。今は、お店と住居合わせて、格安で借りているから、なんとかやっていけてるんだもん」

当然のように、ミツローさんが二の足を踏む。

「だったら、この家に越してくれば？　そうしたら、ミツローさんはお店の家賃だけ払えばいいんだし。ここからなら、お店までもすぐだよ。ＱＰちゃんだって、私と一緒にいれば安心でしょ」

一晩、じっくり考えた結論だった。そろそろ、ご近所さん別居を終えるのも潮時かもしれないと思っていた。もう、ミツローさんがどんな人かは、これまでの結婚生活でよーくわかっている。私には、後悔しない自信があった。

「古い家だし、そんなに快適とはいえないけどさ」

私が言うと、しばらく経ってから、

「だって、鳩ちゃんは、本当にそれでいいの？」

ミツローさんの、静かな声が耳に届いた。

「いいから言ってるんでしょ。実は、もう夏くらいから、ずーっと考えてたの。やっぱり家族は、同じ家に住んだ方がいいんじゃないか、って。ミツローさんの実家に行ったのも大きかったかもしれない。私ももっと、ミツローさんやQPちゃんのそばにいたいし」

私は力説した。だって、本当にそうなのだ。今までは、きっかけがなくて、なんとなくそのままになっていた。でも、昨日空き物件の貼り紙を見た時にひらめいたのだ。ここだったら、ミツローさんがミツローさんらしい商売をできるんじゃないかと。いろいろやってきて結果が伴わないのであれば、何か大きな原因があるのだから、思い切って大胆な変革をしてみてもいいと思うのだ。

「じゃ、とりあえず今度、物件を見に行ってみるよ」

ミツローさんが及び腰なので、私は思わず、叫んでしまった。

「ダメだよ！　そんな悠長なこと言ってたら、誰かに先を越されちゃうよ。鎌倉はそんなに甘くないよ、だから、今すぐ一緒に見に行こうよ。今だったら、私もちょっとだけ店を出られるから」

目の前にミツローさんがいたら、思いっきり背中を叩いて前に押し出したいような心境だった。

十五分後、私達はふたり並んで空き物件を覗き込んでいた。

「広さも、ちょうどいいでしょう？」

「確かに、カウンターとテーブル席を置いて、いい感じになりそうだね」

「ここだったら、QPちゃんも転校しなくてすむし」

ミツローさんはエプロン姿のままだし、怪しいふたりに思われたかもしれない。でも、私は必死だった。

「ここはさ、バス停のすぐそばだから、家に帰る前にちょっと寄ることが、可能だと思うの。ミツローさんも知ってると思うけど、この辺りからも、横須賀線で東京まで通っている人が、結構いるんだよ。確かに鎌倉の駅の周りにはお店がたくさんあるけれど、そういう人たちは、なるべく家に近い場所で、軽く一杯やったり、食事を済ませたりしたいと思うの。でもさ、今のミツローさんのお店は、帰りにちょっと寄る、って感じじゃないじゃない。本当に山の上に住んでる人達は帰り道だけど、ご近所さんでも、わざわざ坂道を上って行かなくちゃいけないわけでしょ。それって、疲れて帰ってきた人達にとっては、すごく大変だと思う。みんな、満員電車に揺られて、クタクタになって帰ってくるから。

でも、ここだったら、バス降りてすぐだもん。思い切って地元の人達に向けた店にする、って腹を決めてしまうのもいいんじゃないかなぁ。ここだったら、今の常連さん達だって、場所が変わっても困ることはないはずだよ」

一気に喋ったら喉が渇いた。でも、言いたいことはすべて言えた気がする。

「とにかく、ミツローさんも前向きに考えて。私は、絶好のチャンスだと思ってるから」

そう言い残し、私は駆け足で店に戻った。店の前の張り紙には、五分で戻ると書いてある。

それからは、とんとん拍子で事が進んだ。

ミツローさんと、とんとん拍子だねー、と話していたら、横で会話を聞いていたＱＰちゃんが、ぴょんぴょん拍子と聞き間違えて、ウサギの真似をして遊んでいる。

「もうすぐ、三人で暮らすんだよ」

私がそう言ったら、ＱＰちゃんが狐につままれたような表情になる。それから、私の目をまじまじと見て、

「ずーっと？」

とたずねた。

「ずーっとずーっと」

私が答えると、

「やったー」

ＱＰちゃんが飛び跳ねる。ＱＰちゃんに好きな人ができて、結婚して家を出ていくまでずーっとだ、と私は思った。

なるべく出費を抑えたいので、家財道具などは業者に頼まず、自分達で手分けして運ぶことにした。ミツローさんが閉店後、夜な夜なリヤカーに荷物をのせて運ぶ姿は、なんだか夜逃げみたいで笑うに笑えなかったけれど、私達モリカゲ家にとっては、同居へ向けたかわいい一歩だった。

さすがに店の方はそのままでは使えないので、ミツローさんが自分で直せるところは自力で直して、来年くらいからスタートする計画だ。すべてが、順風満帆のはずだった。

そのノートの束を見つけたのは、土曜日の夜のことである。ミツローさんの家のガレージに、可燃ゴミを詰めたいくつかの袋と一緒に無造作に置かれていた。一瞬ただのゴミだろうと思って通り過ぎたのだが、なんだか妙に気になってしまい、袋の中身を確認しに戻った。

紙袋から取り出してページをめくる。すぐに、美雪さんのものだとわかった。紙袋にまとめて入れられていたのは、すべて美雪さんがかつて使っていたダイアリーだった。二週間ずつ見開きになって使えるタイプで、その日の予定だけでなく、買ったものなどが細かく記入され、家計簿のような役割も果たしている。

途中からは、手帳に「検診」などの文字が並ぶようになり、その日美雪さんが口にした食べ物や体調などが詳細に記されていた。そして、赤の水性ペンで記された「予定日」の二日後、「出産。やっと生まれた〜！」の言葉が綴られている。その日から、美雪さんの「母」としての人生が始まっていた。

筆記具として使われているのは、主に鉛筆だった。細くて丁寧な、けれど愛嬌のある文字だ。これまで、ミツローさんの口からも美雪さんがどんな人だったのかを聞いたことはほとんどない。けれど、私は美雪さんの手書きの文字を見た瞬間、美雪さんがどういう女性だったかを理解したように感じた。そして、一気に美雪さんが好きになった。

それは、うまく言えないけれど、限りなく「恋」という感情に近しいものだった。夫の前の奥さんの文字に恋をするなんて、自分でもどうかしていると思う。でも、こういう文字を書く人を、私は無条件で好きになってしまうのだ。どんなに多くの写真や映像を見るよりも、美雪さんという人の輪郭が、とてもくっきりと浮かび上がった。

こんな大切なものを立ち読みするわけにもいかないので、とりあえず紙袋を持って二階に上がる。それを、ミツローさんに気づかれない場所にそっと隠した。

三人で晩ご飯を食べてから、QPちゃんとお風呂に入る。けれど、ご飯を食べている間もお風呂で体を洗っている間も、美雪さんのダイアリーのことが頭から離れなかった。

私は、そんな大切なものをあんな場所に置いていたミツローさんが許せなかったのだ。考えると、悔しくて涙がこぼれそうになる。

交代でミツローさんがお風呂に入っている間、QPちゃんを寝かしつけた。QPちゃんの寝息を確かめてから、隠しておいたダイアリーを紙袋ごと取り出す。それを、隣の部屋のテーブルの上で再び開いた。

お七夜、お宮参り、お食いそめ。

QPちゃんが誕生した喜びが、文字の端々からほとばしっている。そして、その日の出来事などを記した日記。

はるちゃんが、全然おっぱいを飲んでくれない。
どうしたらいいの？

ゆうべははるちゃんが夜泣きをしなかったので、
私もみっちゃんも朝までぐっすり

シュークリームとプリンが食べたいけど、はるちゃんが
卒乳するまで、我慢、我慢！

とにかく美雪さんに関するあらゆる情報が記されていた。
けれど、ある日を境に、ダイアリーから一切の美雪さんの文字が消える。めくってもめくっても、もう美雪さんの声は聞こえてこない。
最後の日、つまり事件のあった前日には、こんな言葉が綴られていた。

明日は、みっちゃんのお給料日なので、フンパツしてしゃぶしゃぶにしよう！　お肉（でも牛じゃなくてブタさん）と一緒にゴマだれを買ってこなくっちゃ

美雪さん……、私は心の中で呼びかける。でも、その後にどう言葉を続けていいのかわからなかった。とにかく、美雪さんをぎゅっとこの両手で抱きしめてあげたかった。

お風呂から出てきたミツローさんに、私は言った。

「ごめん、これからちょっと話したいことがあるから、いい？」

こういうことをうやむやにすると、後々、もっと大きなひずみとなって私達の関係を傷つけるような気がした。だから、お互い辛くても、きちんと話し合わなければいけない。

ミツローさんは、わかった、と言って、一度部屋を出た。それから、パジャマの上にカーディガンを羽織って戻ってきた。まだ十月だというのに、そろそろ暖房が欲しくなるような底冷えのする寒さだった。ミツローさんが、私の向かいに着席する。

「ミツローさん、これをどうするつもりだったのか、説明してくれる？」

ミツローさんの前に美雪さんのダイアリーを並べながら、単刀直入に私は言った。ダイアリーは、全部で五冊ある。ミツローさんは黙ったままだった。

「さっき、中をだいたい見せてもらったの。これって、すごく大切なものだよね。あなたにとっても、QPちゃんにとっても、大事なものでしょ。まさかとは思うけど、あなたはそれを捨てようとしたの？　ちゃんと納得できるように説明してほしいんだけど」

するると、しばらく経ってから、

「ごめん」

ミツローさんが、かすれた声でつぶやいた。

「すごく迷ったんだけど、でもやっぱり、鳩ちゃんの家にこんなの持ち込むのは、申し訳ないっていうかさ」

「こんなのなんて、言わないでよ。美雪さんの、生きた証《あかし》じゃないの」

「でもさ、いつか手放さなくちゃいけない、って思ってたんだ。今回が、いいタイミングだと思って」

「そんなの、いらなくなったTシャツとか靴下と同じように扱わないで」

隣の部屋でQPちゃんが寝ている手前、大声は出せない。なんとか小声で伝えようとするけれど、つい、声がとんがってしまう。

「だけど、鳩ちゃんだって、いつまでも俺が前の妻のノートとか持ってたら、正直嫌だろう?」

「嫌とか嫌じゃないとか、そういう問題じゃないよ。あなたの人格の問題でしょ」

言いながら、やりきれなくなってついに涙がこぼれてしまった。

「なんだよ、俺の人格って。俺は一生、被害者の夫、っていうのを背負って生きていかなくちゃいけないわけ? せっかく再婚して、新しい伴侶ができたのに、そのことから一生逃れられないのかよ。もう十分苦しい思いをしたし、辛い思いもたくさん味わったよ」

それに、ノートを捨てたくらいで、思い出が消えるわけないだろ? 美雪は、ちゃんと俺や娘の中で、生きてるよ。これからも生き続けるよ。このノートだって、もう全部暗記できるくらい、読んだよ。給料日だからってさ、奮発してしゃぶしゃぶになんか、しなきゃよかったんだ。冷蔵庫にあるもので間に合わせよう、って言ってれば、あんな事件に巻き込まれなかったんだ。前の日に、明日何食べたいか美雪に聞かれて、しゃぶしゃぶって答えたのは、俺だよ。そのことを、ずーっとずーっと責め続けてきた。でも、責めても責めても、美雪は帰ってこない。それが現実なんだよ。時間は過去に戻せないんだ。前に進むことしか、できないんだよっ！」

ミツローさんも、泣いていた。涙のしずくが、ぽたぽたと音を立てながらテーブルの上に落ちていく。ミツローさんの心の叫びを初めて目の当たりにして、戸惑っていた。

「だけど、捨てることはないじゃない。私に気を遣ってくれたのかもしれないけど、私は逆に傷つくよ。私は、美雪さんが好きだよ。すっごくすっごく好きなの。会ったことがないのにおかしいかもしれないけれど、もし私達が会えてたら、きっといい友達になれた気がする。私は美雪さんに、勝手に友情を感じている。これからも仲良くしたい、って思っているの。だから、ミツローさんの人生から、美雪さんを無理やりしめ出すような真似をしてほしくないんだよ」

「無理やり追い出そう、なんて思ってないよ」

「でもさ、私がここに来るたびに、ミツローさん、お仏壇の扉を閉じてたでしょ。あれだって、失礼だよ。美雪さんに対しても、私に対しても。気を遣われる方がよっぽど気になるよ。それより、お墓参りの時のおかあさんみたいに、みゆきちゃーんって大声で叫んでくれた方が、よっぽど気持ちがスッキリする。

ミツローさんは、私の気持ちなんか全然わかってないよ。年下だからって、子ども扱いしないで」

今まで、ミツローさんとの関係が、平穏無事にきすぎたのかもしれない。話しているうちに、自分が正しいのかもわからなくなってしまった。でも、ミツローさんには負けたくなかった。

「今夜は、帰るね」

椅子から立ち上がりながら、静かに言った。

ミツローさんと一緒にいるのが、なんだかすごく辛かった。

QPちゃんを起こさないよう気をつけながら、脱衣所で服を着替える。

帰り際、台所に置いてあるむかごご飯のおにぎりが目に入った。私もおかあさんからのメモを読むまで知らなかったのだけど、むかごは山芋の赤ちゃんで、秋が旬だという。

むかごを食べたことがないかもしれないとミツローさんに話したら、ミツローさんが張り切ってむかごご飯を炊いてくれたのだ。少し塩をかけると、より味が引き立って美味だった。残ったむかごご飯は、明日の朝みんなで食べようと言って、さっき、ミツローさんが握ってくれた。

それを見たら、また涙があふれてしまう。自分が、どこに向かおうとしているのか、自分でもわからない。

「おやすみなさい」

そっと玄関のドアを閉める。

それから、ひとりで夜道を歩いた。もしかしたらミツローさんが追いかけてくるかもしれないと思ったけれど、ミツローさんは来なかった。吐く息がどんどん真っ白になる。寒いので、大股でずんずん歩いた。

ふとどこからか声がしたような気がして上を見ると、目を疑うほどの見事な星空が広がっている。本当に、キラキラと輝いていた。この夜空を、ミツローさんと見上げたかったな。QPちゃんに、見せてあげたかったな。

そう思ったら、なんだか自分がむなしくなった。

日曜日は茅ヶ崎まで映画を見に行き、月曜日は、お昼を食べに左可井《さかい》に行った。左可井は、浄妙寺《じょうみょうじ》の杉本観音前にある穴子丼の店だ。

よく考えると、ひとりでお店に入ってランチを食べるなんて、もう何ヶ月もしていない。まさか、自分がひとりになりたいと思う日がやって来るなんて、思ってもみなかった。でも私は今、ひとりになりたい。誰にも、心の中に入ってきてほしくなかった。

汁椀と小鉢と卵焼きがつくというので、穴子丼のセットを頼む。この店を教えてくれたのは、先代だ。教えてくれたと言っても、直接聞いたわけではない。静子さん宛の手紙に、左可井の穴子丼のことがたびたび登場するのだ。先代は、自分へのご褒美にひとりでおいしいものが食べたい時、迷わず左可井に行くと書いていた。

ハレの日のご馳走がつるやの鰻なら、ふだんのご馳走は左可井の穴子丼だなんて、わかりやすすぎる。よっぽど、細くて長くて、にょろにょろっとした食べ物が好物だったのだろう。

庭に植えられた梅の木を見ながら、穴子丼セットに箸をつける。どれも、懐かしい味だった。途中から、まるで先代が作ったお昼ご飯を食べているような気分になる。卵《う》の花《はな》炒り、きゅうりの塩もみ、お味噌汁、花豆の蜜煮、昆布の佃煮。でも、一番驚いたのは卵焼きだ。甘くて、しっかりとした弾力があり、それはいくら私が真似をしてもとうてい作れない先代の卵焼きと瓜二つだった。

もちろん、穴子丼もおいしかった。ふわりと柔らかく炊き上げた穴子は香りがよく、ほどよく脂がのっている。

でも、こんなにおいしいものを食べているのに、おいしいね、と言える相手がいないことに愕然《がくぜん》とした。わびしくて、むなしくて、さみしかった。孤独を楽しめる季節は、とうに過ぎ去ってしまったのだろうか。

ミツローさんが言っていることも、間違っていない。

あの時、ミツローさんは私をおんぶしながら言ってくれた。

失くしたものを追い求めるより、今、手のひらに残っているものを大事にすればいいんだって。

私は、その言葉でずいぶん救われた。先代との関係を肯定的に受け止められるようになったのも、あの言葉があったおかげだ。

私が言っていることも、ミツローさんが言っていることも、根っこの部分では同じなのかもしれない。でも、美雪さんのダイアリーを手放すのと、手元に置いておくのとでは、正反対の行為だ。

美雪さんは、どうしてほしいのだろう。もしも自分が美雪さんの立場だったら？

玄関先でお客さんが列を作って待っているので、私は早々に店を出た。でも、まだなんとなく家には帰りたくなくて、報国寺《ほうこくじ》に寄り道する。報国寺は、竹のお寺として有名だ。日曜日の朝、座禅会をしているので、私も何度か参加したことがある。むしょうに、竹林が見たくなった。

拝観料と抹茶券のお金を払って奥に進み、竹の庭を前にして、抹茶をいただく。

竹は、なんて潔いのだろう。迷うことなく、天に向かって一心に伸びる姿が羨ましくなる。ただ、上空を見上げると、一本一本が独立しているように見える竹も、上の方の葉っぱは互いに互いを支えている。そして、根っこではみんなが繋がっているなんて、なんだか家族みたいだなーと思った。

目を閉じると、水の音と鳥の声が際立つ。まぶたの裏で、木漏れ日が揺れた。あるがままに生きればいいのだと、竹に言われているようだった。向こうから、爽やかな風が吹いてくる。

ゆっくりと目を開けると、役目を終えた笹の葉が、はらり、またはらりと、優雅に回りながら落ちてきた。竹を見たら、ちゃぽちゃぽと不穏な音を立てていた心が、少し、軽くなったような気がする。

過去にしがみつこうとしているのは、私なのだろうか。

竹を見上げながら、もしも私が美雪さんだったら？　の続きを考える。愛する人には笑って毎日を過ごしてほしい。その過程で自分を忘れてしまうなら、それはそれで構わない。過去にとらわれるより、未来に向けて生きてほしいと願うだろう。

帰りは、田楽辻子《でんがくずし》のみちを通ってラ・ポルタのところに出る。ふと思い立って、ベルグフェルドをのぞくと、ショーケースにハリネズミがいた。私を待っているような上目遣いの目が愛おしくて、反射的に残っていた三つすべてを買ってしまう。ハリネズミケーキの大人買いだ。

家に帰ってから、紅茶を淹れて、まずは二つを食べ、その後しばらく昼寝をし、夕飯に軽くお茶漬けを食べてから、残りの一つをデザートに食べる。

さすがにおなかが苦しいので、腹ごなしに、お仏壇周りを掃除した。結構、中にほこりが溜まっている。先代とスシ子おばさんの写真が収められている写真立ても、表面の汚れをきれいに磨いた。それから、周辺に置いてあったものを片付けて、隣にスペースを作った。

ここに、美雪さんの仏壇を置こう。仏壇が二つ並ぶというのは珍しいのかもしれないけれど、こうすることが、私にとっては正解のような気がした。忘れないでいることも、忘れることも、どっちも大切なのだと思う。私とミツローさんの夫婦喧嘩は、どっちが正しいとか間違っているとかではなくて、おあいこだ。今日一日ひとりで過ごして、そのことに気づいた。

気づいたら、急に手紙が書きたくなる。便箋や筆記具を吟味している余裕はないので、とりあえずその辺にあったユニのペンを手にとり、今の心模様を素早く文字にした。下書きなんかしていたら、大事なエキスがすべて逃げてしまうから、ぶっつけ本番だ。私の心のあるがままを文字にして、ミツローさんに伝えたかった。

ミツローさんへ

この間は、一方的にミツローさんを責める形になってしまい、

ごめんなさい。

あの後、家を出てしまったことを、後悔しました。せっかく

家族三人で過ごせるはずだった日曜日の朝を、台無しに

してしまいましたね。

QPちゃんも、朝起きて、みんなでむかごご飯の焼きおにぎり

を食べるのを楽しみにしていたのに、本当に悪いことをしてしまい

ました。あんな身勝手な行動をとった自分を、反省して

います。

でも、今回のことで気づいたこともあります。

やっぱり、私たち、一緒に暮らさなくちゃダメです。

ひとりぼっちがこんなに味気ないものだということを、思い

知りました。

ひとりでいても、自分の体温はわかりません。でも、自分以外

の他の誰かと肌をくっつければ、自分の手があったかいとか、

足先が冷たくなっているとか、感じることができます。

ミツローさんとQPちゃんと家族になれたことが、私の

人生を思わぬ方向に押し広げてくれました。私は今、

魔法のじゅうたんに乗っている気分です。知らなかった

世界を見せてくれて、本当にありがとう。

こうなったら、どこまでも行って、まだ見ぬ世界を見てみようと思うのです。

よく考えると、こんなふうに落ち着いてミツローさんに手紙を書くのは、初めてですね。

プロのシェフが、家で料理しないのと一緒で、私も日ごろ仕事で手紙を書くことが多いので、プライベートでは、逆に筆不精になっていました。ごめんなさいね。

でも、本当は私がもっとも手紙を書かなきゃ、いえ、書きたい相手はミツローさんなんだって、今、手紙を書きながら気づきました。

私、ミツローさんが大好きだよ。

そうそう、美雪さんのダイアリーに関しては、私がミツローさんから引き継ごうと思います。それで、どうですか？

そうすれば、ミツローさんは手放せるし、私は手元に残すことができます。

簡単なことなのに、そこにたどり着くまで時間がかかってしまいました。

ミツローさんにはちょっと不思議にきこえるかもしれない

けれど、私は、モリカゲ家は、四人家族なんじゃないかと
思うのです。ミツローさんとQPちゃんと私と美雪さん。
四人で暮らしているのです。
ミツローさんにとっては、夢のハーレム状態！
さっき、祖母の仏壇の脇に、美雪さんの仏壇を置く
場所を作りました。
私もミツローさんもQPちゃんも、木の股からある日
とつぜん生まれたわけではないもんね。
そのことを、高知に行ってから、ぼんやり考えるように
なりました。
いつか、こんなふうに、美雪さんにもちゃんと手紙を
書きたい。今はまだ書けないけど、いつか、きっと、
と思っています。
週末、会えるのを楽しみにしています。でもその前に、
引っ越しの荷物を運べそうだったら、いつでも持って
きてください。
早く、かわいいムスメにも会いたいなあ。

はとこ

はとこ、と平仮名で書いてペンを置く。ただただ気持ちを伝えるのに必死で、きれいに書こうという意識がなかったからか、決して美文字とは言えない。明らかに字が間違っているところだけは、修正テープで白くして、その上から正しい字に改める。

ふだんの代書仕事で修正テープを使うなんてご法度だけど、これは身内に宛てた手紙であるし、勢いが大事なので、今回は良しとすることにしよう。

一晩仏壇の横に立てかけて、翌朝読み直すなんて悠長なことも言っていられなかった。というか、これはそもそもプライベートの手紙だから、そんなことをする必要はない。

封筒に宛名を書いてから、すぐに便箋を折りたたんで中にしまった。便箋と封筒、どちらも中途半端に余っていたのを使ったので、バラバラだ。せめてものお詫びの印として、切手だけは、お気に入りの一枚を貼る。最近発売された、うさぎの切手だ。それを、最寄りのポストまで出しに行く。

外は、真夜中のように静かだった。暗くなってからはなるべく一人歩きをしないようにとミツローさんから言われているけれど、私は、たまに味わうこのひっそり感が好きだ。まるで自分だけが世界にぽつんと取り残されてしまったような気持ちになる。

自分でミツローさんの家の郵便受けまで届けた方が断然早いのはわかっているけれど、いつ届くかわからないというこの曖昧さもまたいいと思った。

仲直りはうまくいった。やっぱり、ああいう時は、正直に話したり書いたりするのが一番なのだ。

私とミツローさんは、来たるべき同居に向けて、再び一致団結した。

ミツローさんにとって美雪さんの遺品をどうするか、というのが最大の問題だったらしく、それを自分ひとりで解決しようとするから悩ましいのであって、その問題を私やＱＰちゃんも含めてみんなで解決する、というスタンスになれば、大きな岩のように見えた問題が、石ころ程度に縮小する。難しいのは、なんでも残せばいいというわけではないし、かと言ってなんでも捨てればいいというわけでもないことだった。そして、その判断を的確にできるのは、私でもミツローさんでもなく、QPちゃんだった。

たとえば、美雪さんがよく着ていたというよそゆきのコートをどうするかで悩んでいた時だ。ミツローさんは、何度も処分しようと思い立ったが、結局もったいなくて捨てられないという。

「思い出がたくさん詰まっていてまだそばに置いておきたいものは、残しておいた方がいいよ。手放した後で、後悔しちゃうよ」

私が言うと、

「思い出とかっていうよりは、本人がすごく気に入って買ったコートだからさ。値段も、結構したみたいだし」

ミツローさんがぼそぼそつぶやく。

それを聞いていたQPちゃんは、

「誰も着なかったら、コートがかわいそうでしょ!」

と断言する。

「でも、QPちゃんが大人になったら着られるかもしれないよ」

私が言うと、

「着ない」

真顔で答えるのだった。それよりも、

「なんみんの人に送ってあげよう」

などと発言する。どうやら、難民問題のことを学校で教わったらしい。確かに、ただ捨てるというのではなく、誰か、美雪さんの遺品を大切に使ってくれる人がいたら、その人に使ってもらうのがいいのかもしれない。そうすれば、美雪さんのコートも無駄にはならない。

「美雪はよく、募金をしていたからなぁ」

ミツローさんの言葉に、

「そうだね、ダイアリーにも、今日は百円募金した、とかよくメモが書いてあったし、そうするのがいいのかもね」

私も同意する。というわけで、美雪さんの衣類でまだ使えるものに関しては、きれいに洗ったりした上で、ボランティア団体へ寄付することにした。なかなかの名案である。

美雪さんの写真に関しては、すべてQPちゃんに引き継がれた。たとえQPちゃんが美雪さんのことを覚えていなくても、QPちゃんを産んでくれた人なのだから。

「たまには私にも見せてね」

お願いしたら、QPちゃんは笑顔で、いいよ、と言ってくれた。その一方、美雪さんが通っていた歯医者さんの診察券や化粧品のポイントカードなどは、この際、思い切って処分した。

二段ベッドは、一度解体してから、再度組み立ててQPちゃんの部屋に置くことになった。私がかつて使っていた部屋を、QPちゃんに引き渡すのだ。

ベッドに関しては、一段だけにして、もう一段は誰か欲しい人にあげるという案も出たのだが、今後、QPちゃんに弟か妹ができるかもしれないので、そのままの状態で使うことにする。家にお客さんが泊まりに来た時などは、二段ベッドを使ってもらう計画だ。

冷蔵庫と洗濯機に関しては、私の家で使っているのがあるし、ミツローさんのはもうずいぶん古くなっているので、家電のリサイクル業者に引き取りに来てもらう。電子レンジは、うちになかったので、ミツローさんが使っていたのをそのまま使うことにした。もちろん、電子レンジもリヤカーで運ぶ。

十一月いっぱいで、すべての引越しを終える予定だった。

ＱＰちゃんとの習字のお稽古は、だいたい、半月に一回くらいのペースで続けている。たいていは、土曜日の午後だ。

小学一年生で習う漢字は、結構ある。「空」や「花」、「金」や「草」も一年生で習う。

その中でも、「一」や「二」や「三」は特に難しい。一見、簡単そうに見える字ほど、実は微妙な表情を出すのが難しいのである。

私はいまだに、「一」を満足に書けた例《ためし》がない。その点、ＱＰちゃんの「一」は素晴らしかった。なんの迷いも雑念もなく、「一」が堂々としている。きっと、うまく書こうとか全く思っていないから、こういうふうに書けるのだ。

そして本日の課題は、「生」である。

まずは私が楷書でお手本を書き、何度かＱＰちゃんの手を後ろから支えて流れをつかんだら、後はＱＰちゃんが自分で練習する。

その横で、私も筆を構えた。二人がこの家に引っ越すまでに、新しい表札を書かなければいけない。わかってはいたのだが、延ばし延ばしにするうちに、すっかり期限が迫ってしまった。以前あった「雨宮」から「守景」へ、表札を差し替えるのである。

「守」はなんとなく家族が三人寄り添って仲良く暮らしているイメージで書けるようになったが、

「景」はなかなか難しかった。下手《へた》をすると、上にある「日」と下にある「京」の字がバラバラになってしまう。先代が書いた「雨宮」の字にかなうはずもないことくらいわかっているけれど、やはり家の顔となる表札は、恥ずかしい字にしたくない。

ただ、うまく書こうと意識すればするほど、自分が書きたいと思う理想の字からは離れていく。逞《たくま》しすぎず、かと言ってなよなよしていない、誰にでも読めるが、媚《こ》びることのない凜とした佇まいの字を書きたいのだが、現実はなかなかうまくいかないのである。

「先生、書けました」

黙々と練習をしていたQPちゃんが、久しぶりに声を上げた。一応、お稽古中は敬語を使う約束だ。QPちゃんは、その約束をちゃんと守っている。

「いい字ですねぇ」

見ると、力強い筆跡で「生」の字が書いてあった。

「生」は、草木が地上に生じてきたさまを表す象形文字で、語源には、命の発現があるとされている。そのため、ショウ、セイ、いかす、いきる、いける、うまれる、うむ、おう、き、なま、はえる、はやす、など、そこから派生した様々な意味がある。

朱色の墨汁を使って、いいところには丸をつけ、直した方がよさそうな箇所には注意点を書き込む。このままで十分よく書けていると思わないでもないけれど、すぐに花丸をあげたのではお稽古にならない。もちろん、粗探しをするつもりはないけれど。

QPちゃんが再び「生」の字に取り組む間、私も再度集中して、「守景」の字を練習した。

美しい静けさと明るい光が、この家を包み込むようなイメージを抱きながら、筆を動かす。

ただ、書道は時間をかけて練習すればするだけ理想の字に近づけるというものでもない。

なんだってそうかもしれないが、途中まではそうでも、ある点を界《さかい》にして、集中力はまた散漫になっていく。

心が乱れると、字もどうでもよくなってしまうのだ。その、集中力の頂点の見極めが、大事な鍵になってくる。書き時を判断するのは、自分しかいない。

今だ、という声が聞こえたので、もう一度ていねいに墨を磨る。

それから、下敷きの上に木板を置いた。

一度筆にたっぷりと墨汁を含ませてから、硯の隅で量を調整し、ためらわず、ひと息に筆を運ぶ。

その間は、何も考えない。

守景

たった二文字を書くのにこれだけ緊張したのは、久しぶりだった。百点満点とは言えないけれど、八十五点くらいの字は書けている。これなら先代からも、まぁまぁね、くらいは褒めてもらえるだろう。来月からは、この文字がわが家の顔になるのだ。

お稽古の後、QPちゃんとお茶とおやつで一服してから、QPちゃんをお隣のバーバラ婦人に見ていてもらい、私は自転車に乗って豆腐屋さんまでひとっ走りした。今夜は、湯豆腐だ。

鎌倉はたくさん人が住んでいるわりに豆腐屋が少ないと嘆いていたのは、先代だった。確かに、私も同感だ。小町通りに行けば、豆腐を扱う店がありそうだけど、それは観光客相手の商いで、鎌倉の住人がふらりと買いに行くような店ではない。小洒落《こじやれ》たパッケージなんてどうでもいいから、とにかく、町のふつうのお豆腐が食べたいのである。

そんなことを思っていたら、先日、ついにお豆腐屋さんを発見した。場所は、今小路で、市役所の交差点から壽福寺《じゆふくじ》に向かう道の途中にある。

ただし、私が前を通りかかった時は閉まっていた。どうやら、週に二日しか営業をしないようなのだ。しかも、本当に昔ながらの店で、持参した鍋や容器にお豆腐を入れてくれるという。

人混みを避けるため、ひみつの抜け道を通った。

この抜け道は、ほとんど地元の人しか利用しない。若宮大路と小町大路の間に延びる細い路地は、いつものどかで、飾り気がなく、穏やかだ。ここを通るたびに、気持ちが透き通るのを感じる。車が入れないので、子どももお年寄りも安心して歩くことができる。

私も、自転車を降りて引いて歩いた。

民家の垣根に山茶花《さざんか》が咲き、野良猫が、ひだまりでお餅のように伸びている。

少し遠回りになるけれど、雪ノ下教会のところを曲がって段葛を横断し、さらに小町通りも横切って、次の路地を北に向かう。聖ミカエル教会の角を左に曲がって線路を越えれば、ほぼ人混みに巻き込まれることなく今小路の豆腐屋さんまで辿り着けるという計算である。

こういう小技でも使わない限り、週末の鎌倉では身動きが取れない。どこに行っても、人、人、人で、ちょっとそこまでお使いに、なんて呑気なことは言っていられないのだ。世界遺産になどならなくてよかったと、鎌倉の住民は心密かにそう思っている。

豆腐は、絹と木綿を一丁ずつ買った。私にとって豆腐といえば絹なのだが、ミツローさんは木綿こそ豆腐の醍醐味《だいごみ》だと主張する。豆腐ごときで夫婦喧嘩に発展するのも馬鹿げているので、絹と木綿を両方買い、半分ずつ入れることにした。他に、がんもどきと豆乳プリンも買う。

お豆腐屋さんに行った帰り、ふと思い立って壽福寺に寄ってみた。

参道の入り口に自転車を止め、手ぶらで山門の階段をあがる。先代が好きだった場所であり、ミツローさんが私をおんぶしてくれた思い出の場所である。

ここからすべてが始まったと言っても過言ではない。山門の木々は、今か今かと色づく準備を始めている。

自転車のカゴに置きっ放しにしてきた豆腐を気にしつつ、ちょっとだけ寄り道して、マサコさんのお墓にも行った。距離としては大したことがないけれど、場所が場所だけに、ちょっとした遠足気分だ。大きな石に彫られたやぐらのひとつがマサコさんのお墓になっていて、いつ訪れてもきれいに花が活けられている。

ＱＰちゃんとバーバラ婦人は、ぬり絵をして遊んでいたらしい。バーバラ婦人に、お土産の豆乳プリンを手渡す。

「来月から、うちで一緒に暮らすことになりました。よろしくお願いします」

改めて報告すると、

「こちらこそ、どうぞよろしくお願いします」

バーバラ婦人も、改まって頭を下げる。

「賑やかになって、嬉しいわ」

「でも、うるさいかもしれません。そういう時は、遠慮なく言ってくださいね」

今までは、私もひとり、バーバラ婦人もひとりだから、隣家から音が聞こえても、それを逆手にとって楽しくご近所付き合いができていた。でも、こっちが三人になったら、生活音も増えるだろうし、会話だって鬱陶《うっとう》しく聞こえるかもしれない。今更ながら、そのことに気づいて不安になる。私達の同居が、バーバラ婦人の体調を悪くするような結果になってはいけない。

「ポッポちゃん、そんなに暗いお顔をしないの。ね、キラキラ、でしょ」

顔を上げると、バーバラ婦人が笑っている。

「そうですね、キラキラ、ですね」

ミツローさんの前の奥さんがどういう亡くなり方をしたかについて、バーバラ婦人にだけは話していた。だから一層、バーバラ婦人の言ってくれたキラキラが、心にしみ渡った。そうだった、私にはキラキラの法則がある。

いったん家に戻ってから、首にマフラーを巻き、お豆腐を持って外に出る。もう、星が出ていた。ツバキ文具店の看板椿にも、ぼちぼち蕾《つぼみ》が膨らんでいる。

あんなにかしましかったのに、気がつくと、キンモクセイの香りはしなくなった。かわりに、どこかで落ち葉焚きでもしたのだろうか。冷たい空気の層の奥から、ほのかに煙の匂いが漂ってくる。

「帰ろう」

ＱＰちゃんの手をにぎった。温かくて、ふわっとしていて、でも芯はしっかりしているＱＰちゃんの手のひらは、何度にぎっても、私を幸せな気持ちにしてくれる。

同居まで、あと一週間だ。

こうして、土曜日の夕方にミツローさんの家を目指して歩くことももうないのだと思うと、ちょっぴり名残惜しい気がした。週末婚も、それはそれで楽しかった。

いよいよ同居を明日に控え、二階で布団を干していると、

「ごめんくださーい」

店の方から、甲高い声がする。

「はーい、ちょっとお待ちくださーい」

今取り込まないと、逆に谷戸《やと》の湿気で布団が重たくなってしまうので、慌てて布団を家の中に取り込んだ。

布団はそのままにして駆け足で店に向かうと、マダムカルピスが立っている。

「なんだかここ、葉山より寒いわねー」

マダムカルピスが足をぶるぶる震わせながら身震いしているので、すぐにストーブに火を入れた。

「今、温かいお茶を、淹れてきますね」

私が立ちかけると、

「また、あなたに代書をお願いしたくて」

私の背中に、マダムカルピスが言った。今日も、マダムカルピスは全身が水玉模様だ。

台所で、レモネードのお湯割りを作った。蜂蜜に、レモンと生姜、シナモン、クローブ、カルダモンを漬けておいたもので、これからの時期は、温かくした赤ワインに溶かしてホットワインにしてもいい。

レモネードをお盆にのせて運んでいくと、マダムカルピスが熱心にボールペンの試し書きをしている。

「それ、とっても書きやすいですよね」

マダムカルピスが手にしているのは、私の一押しの水性ボールペンだった。

ストーブに火を入れたばかりなので、ツバキ文具店には、まだ灯油の臭いが残っている。そのことを申し訳なく思いながら、マダムカルピスにレモネードをすすめた。丸椅子は、マダムカルピスが自ら出して腰かけている。

マダムカルピスが初めてツバキ文具店に現れたのは、二年前の夏だろうか。お悔み状を頼まれたのが最初だった。

ほどなく、マダムカルピスの孫娘、こけしちゃんも店に現れた。その時は、小学生のこけしちゃんから先生宛の恋文を頼まれたのだが、結局は書かずに終わっていた。

その後、マダムカルピスとご主人の仲を取り持つ手紙を代書したのが、先代だというのがわかり、以来、マダムカルピスは、私が忘れそうになると、ひょっこり現れて文房具を買って帰る。けれど、代書を頼まれたのは、最初の一回きりだった。

「今回は、どのような?」

マダムカルピスがあまりに黙っているので、私の方から声がけした。

一度でも代書をしたことがある相手だと、こちらもリラックスして接することができる。ほんの短い時間とは言え、代書をしている間、私はその人になりきっているのだ。その人の人生を、その人の心の目を通して垣間見ているから、赤の他人とは思えなくなる。

「どうしたらいいか、困っちゃって……」

マダムカルピスが、ため息をついた。いつもシャキッとして歯切れのよいマダムカルピスとは、ずいぶん様子が違っている。

「みずほさんが、病気になってしまったの」

みずほさんと聞いて、一瞬、また人ではないのでは、と身構えてしまった。前回のお悔み状は、知り合いがかわいがっていたペットの猿の冥福を祈るためのものだった。

でも、今回は動物相手の何かではないらしい。マダムカルピスは、重たい口調で話を続けた。

「みずほさんにね、私、お金を貸していたの。お金を貸したっていうか、立て替えたっていうのかしら？　もう随分前のことになるんだけど、ふたりで奈良に旅行に行ったのよ。その時、私がまとめて新幹線のチケット代を払ったんだけど、はい、ってチケットをみずほさんに渡したら、そのまま受け取っちゃって。立て替えたお金をその場でいただけなくて、そのままになってしまったのよ」

ようやく部屋が暖かくなってきた。外はすでに陽がかげっている。

一輪挿しの花瓶に活けてあるのは、お茶の花だ。先代が書いていた通り、お茶の花は小さな椿みたいで、見ているとほっこりする。

「そういうこと、ありますよね」

私も、ほどよい温度に冷めたレモネードを飲みながら相槌を打つ。

「ご本人は、きっと忘れているんでしょうね。だから、悪気がないのはわかっているの。でもね、私の方は、ずーっと気になっちゃって。新幹線の往復チケットなんて、たかが知れているといえば知れているんだけど、でも、なんかこう、心の中のモヤモヤが消えないのよ。

もう何年も前のことだから、私も忘れかけていたんだけど。

でもさ、ご本人から病気だって連絡があって。不謹慎かもしれないけれど、もしこのままみずほさんが亡くなったりしたら、私、みずほさんが亡くなった後も、ずーっと、貸したお金のことを考えてしまいそうな気がするの。

なんていうか、みずほさんの死を純粋に悲しめなくなるんじゃないかって。

でもって、たかだか数万円のことで、うじうじしている自分自身が嫌になるっていうか、情けないのよ。

そのことを考えると、もうずーっと憂鬱になってしまってさぁ」

私に話すことで、少しはマダムカルピスの気持ちが紛れたのだろうか。さっき店に来た時よりは、口調が軽くなっている。

「みずほさんのご病気は、深刻なんですか？」

大切なことかもしれないと思い、私は踏み込んで質問した。

「本人は、入院するとしかおっしゃらないからわからないんだけれど、そんなに軽いものではないのかもしれないわ。彼女、離婚して子どももいないし。近くで面倒を見てくれる人がいなそうだから、本当は私もできる限り協力してあげたいのよ。

でも、そこでやっぱりお金のことが気になっちゃうの。

だって、入院するってなると、いろいろ費用もかかるわけでしょ。無下に返せとも言えないし、もう、本当に困っちゃって……。

それであなたに、また代書をお願いしようってひらめいたのよ」

ひらめいた、という表現が、いかにもマダムカルピスらしかった。でも、私よりも人生経験の豊富なマダムカルピスが頭を悩ませているということは、私にとっても決して一筋縄ではいかないということだ。代書の仕事は毎回苦難の連続だけど、今回のこれは、さらに一段とハードルが高いような気がした。

「書いてくださるかしら？」

マダムカルピスから、懇願するような目で見つめられてしまった。

ここで嫌です、とは言えない。先代だったら、絶対に引き受けただろう。けれど果たして、今の自分にこの問題を解決するだけの説得力を持つ手紙が書けるだろうか、私は正直、自信がなかった。場合によっては、マダムカルピスとみずほさんの関係を、より悪い方へ導きかねない。

「少し、考える時間をいただいてもいいですか？」

できないことを、できると言わないようにしよう。単純に、そう思ったのだ。それが、結果的にマダムカルピスを守ることでもあるかもしれない、と。

「いいわ、あなたの気持ちが固まるまで、待つことにします。今日は、さっきのボールペンをいただいて帰るわね」

マダムカルピスが、すっくと丸椅子から立ち上がった。私は、マダムカルピスの選んだボールペンを取りに席を立ち、袋に入れて、代金を受け取る。

マダムカルピスが店を出る頃には、外がすっかり暗くなっていた。

表札をつけ替え、美雪さんのお仏壇も、すでにわが家に入っている。ＱＰちゃんの部屋もできた。ふたりを気持ちよく迎えたいので、窓も磨いたし、トイレも念入りに掃除した。私が生まれ育ったこの家に、ミツローさんとＱＰちゃんが一緒に暮らすなんて、想像するとひとりでに鼻の下がのびてしまう。でも、それが現実になるのだ。

待ちきれなくなり、途中まで迎えに出た。ちょうどふたりは、二階堂川《にかいどうがわ》にかかる橋を渡るところだった。ミツローさんはスーツケースをがらがらと引きずり、ＱＰちゃんはランドセルを背負っている。

「ようこそ！」

橋のたもとで、私は叫んだ。

「お世話になります」

ミツローさんがしんみり言うので、

「もう、この家の主はミツローさんなんだから、堂々としてください」

新しくかけ替えた表札のことを思いながら、私は言った。

こうしてモリカゲ家は、晴れてひとつ屋根の下で暮らすこととなったのだ。

ただし、共同生活は実際に暮らしてみないとわからないことばかりだった。

洗濯物はたくさん出るし、台所の洗い物だってひとり暮らしの時とは全く違う。冷蔵庫には、常に食べ物をたくさん常備しておかないと不安になるし、掃除もおこたるとすぐに汚くなる。

ミツローさんは来年から新しい場所でのお店再開に向けて奮闘しているが、その間は無収入になるので、経済的には私ががんばらないといけない。誰かを養うことで、私はようやく先代の立場を理解した。先代も、私を食べさせるために必死で働いていたのだろう。

同居する前は、これからは毎日家族そろって朝ご飯が食べられる、なんて喜んでいたけれど、実際はとんでもなかった。QPちゃんを無事時間内に学校へ送り出すことだけで精いっぱいで、朝から髪を振り乱してバタバタ駆けずり回っている。

それでも、目覚めてすぐにひとりで京番茶を飲む楽しみは確保したいので、目覚まし時計を今までよりもっと早くかけるようになった。結果として、私はまだ夜が明けないうちに起き出して身支度をととのえ、朝が来るのを待っている。

洗濯物を干したり、台所の後片付けをしたり、お風呂を掃除したりするのは、ミツローさんがやってくれる。家事に関しては、ミツローさんの方が上手だったりもする。

ただ、気をつけなくちゃいけないのは、仕事と家をきちんと分けて考えることだった。家族と同居したからといって、ツバキ文具店にまで生活感がにじみ出るのは避けたい。私がツバキ文具店を継いでから、来年で三年になる。その間、少しずつ手を加え、商品のラインナップも微妙に変えてきた。ようやく私と同世代や、私よりもっと年上のお客さんが増えてきたのだ。

QPちゃんとミツローさんをそれぞれ学校と仕事場に送り出したら、今まで同様、ツバキ文具店の開店準備を始める。店の前や表の路地を箒ではき、文塚の水を取り替え、店のガラス戸を乾拭《からぶ》きする。

店の中の掃除は、いつも閉店後にしているが、それでも、床にホコリや髪の毛が落ちていないか、商品に傷がついていないか、試し書き用の紙はそろっているかなど、店を開ける前にもざっとチェックする。一輪挿しに活けてある草花の水を取り替えるのも、この時だ。最後に、家に戻ってトイレを済ませ、鏡で顔をチェックして、いよいよ店を開けるのである。

三人での暮らしがようやく軌道に乗ってきた十一月半ば、ふたり連れの男女が店にやって来た。てっきり観光ついでに店に寄ってくれたのかと思ったら、そうではなかった。

ストーブにかけてあったヤカンからお湯を注ぎ、ゆず茶を淹れる。先日、ミツローさんの実家から大量のゆずが送られてきたので、それときび糖を混ぜて作ったのだ。

「喪中ハガキをお願いしたいんです」

旦那さんが言った。

今は、コンビニでも簡単に喪中ハガキを作ることができる。年賀状の宛名書きを頼まれることはあっても、喪中ハガキの代書依頼は記憶になかった。そもそも、代書の依頼にふたりで来るということ自体、かなり珍しい。ふたりの薬指には、お揃いの結婚指輪がはめてある。

なんとなく悪い予感がして、でも、そうではないことを必死に祈った。でも、やっぱりそうだった。ふたりは、子どもを亡くしたばかりだという。奥さんは、終始うつむいていて、顔を上げない。今にも倒れそうになる奥さんの体を、旦那さんが後ろからそっと支えている。

「生後八日目の朝でした。気づいたら、もう息をしていなかったんです」

感情移入をしすぎてはいけないと、頭ではわかっている。けれど、ダメだった。つい、涙が吹きこぼれてしまう。

「やっと授かったんです。その前に一度、流産をやってまして。乳幼児突然死症候群と言われましたが、その原因は、不明のままです」

「息子が、生まれた証を残してやりたくて……」

声を絞り出すようにしながら、奥さんがささやいた。

「息子さんのお名前は？」

私がたずねると、

「真実の真に生きると書いて、マオと……」

堪え切れず、旦那さんも声を詰まらせる。

「真生君ですね、承知しました。真生君のために、精いっぱい書かせていただきます」

私にも娘がいる今、夫妻の悲しみは決して他人事《ひとごと》ではない。

恥ずかしながら、私はこれまで、喪中ハガキは単なる形式だと思っていた。その先に深い悲しみがあるというところにまで、思いが至っていなかった。でも、真生君のご両親と会って、考え方が変わった。

旦那さんが、真生君の誕生記念にかたどった手形を見せてくれる。亡くなる前日のものだという。

「小さいですね」

私がつぶやくと、

「でも、ちゃんと指紋も、手相もあるんですよ」

旦那さんが笑みを浮かべる。

「爪も、かわいかったよね」

奥さんは、目じりにハンカチを当てながら言った。それを見たら、一度引っ込んでいた涙がまた復活してしまう。

「ごめんなさいね、泣いてばっかりで」

奥さんが謝るので、私は何も言えなくなった。こんなに悲しいことがあったのに、まだ私のことを気遣ってくれている。

「お葬式も内々で済ませましたし、まだ周囲には亡くなったことをほとんど知らせていないんです。でも、出産おめでとう、って声をかけられるのは、さすがに辛いですから、喪中ハガキで、ってことに決めました。それが届けば、僕らも、少しは息子の死を受け入れられるのかもしれません」

目の前の旦那さんは淡々と話しているけれど、ここに辿り着くまでに、幾多の葛藤《かっとう》があったに違いない。ミツローさんがそうであったように、旦那さんも奥さんも、自分が悪かったのではと自らを責めただろう。

「生きているって、奇跡なんだねぇ」

夜、布団に入って天井を見ながら、ミツローさんに話しかける。守秘義務があるので詳しいことは明かせないけれど、ミツローさんとそういう話をせずにはいられなかった。

「たった八日間しか生きられない、ってどうなんだろう？」

私がしんみりつぶやくと、ミツローさんは、

「セミのこと？」

当然のことのように切り返した。

「違うよ、もう、ミツローさん、深刻な話をしてる時に笑わせないで」

「ごめん、ごめん。まぁ、セミが地上に出て八日間しか生きられない、っていうのも都市伝説だけどね。実際は、もう少し長く生きるから」

さすが、大自然の中で育ったミツローさんの言葉だ。

「でもさ、人の場合は、八日間って、短いよね。本人は、幸せだったと思う？」

そのことを、私はずっと考えていた。

「そりゃ、幸せだよ。人生は、長いとか短いじゃなくて、その間をどう生きたかだと思うから。隣の人と較べて、自分は幸せとか不幸とか判断するんじゃなくて、自分自身が幸せだと感じるかどうかだもん。

たった八日間でも、その子がたっぷりと両親の愛情を受けて幸せのベールに包まれていたなら、きっと幸せだったと思う」

「そうだよね。その点に関しては、間違いなく幸せだったね」

私は、昼間お店にふたりで来た真生君の両親を思い出しながら言った。

「でも、いくら本人はそうでも、周りはどうだろう。愛する人とは、一日でも長くいたいと思うだろうし、ましてやそれが子どもだったら」

「悲しみは、尽きないよね」

もしも、もしもＱＰちゃんがそんなことになったら、私は発狂してしまうかもしれない。

「美雪さんに、会いたい？」

自分でも、いきなりそんなことを言ってしまってびっくりする。油断したすきに、つるんと、口の外に出てしまった。

「会いたいよ、そりゃ」

「そりゃ、会いたいよね」

当たり前のことを聞いた自分が、恥ずかしくなった。ミツローさんが、会いたくない、なんて答えるわけないのに。

「変なこと聞いちゃってごめん」

私は謝った。

「私も、先代に会いたいな、って最近、すごく思うの。もっと、いろんなことを教わっておけばよかった、って。でも、実際にはもう会えないんだよね。そのことに、愕然とするの」

おやすみなさい、と私は言った。

「おやすみ」

ミツローさんもまぶたを閉じる。

目を閉じてからも、私は真生君のことを考えていた。

寿命だったと思うことにした、と真生君のおとうさんは言っていた。だとすれば、真生君はよっぽど、おとうさんとおかあさんに会いたかったのだろう。会えたから、満足してしまったのかもしれない。

翌朝、まだ暗いうちに墨を磨り、真生君の両親に頼まれた喪中ハガキを書く。

心を研ぎ澄ませて、真生君が生きた証を、伝えようと思った。

喪中につき、年末年始のご挨拶を失礼させていただきます
十月二十日、息子真生(まお)が永眠しました
たった八日ほどの生涯でしたが、真生は人生を全うし、
天国へと旅立ちました
真生の誕生を祝福してくださった多くの方々に感謝
を申し上げます
今はまだ、真生との別れを惜しんで悲しみに暮れる
日々が続いておりますが、いつかまた、笑顔で皆様と
再会できる日が来ることを願ってやみません
それまでの間、どうか私たち夫婦を、温かい目で
見守っていただけますと幸いです

筆を置き、しばらく目を閉じ黙禱《もくとう》する。

真生君は、きっとまた彼らを両親に選んで戻ってくるに決まっている。きっとそうだ。でも、その時はとんぼ返りするんじゃなくて、もっと長くこっちの世界にいるんだよ、と私は天国の真生君に語りかける。

流しで硯《すずり》を洗っていたら、チュン、チュン、とかわいい雀の声がして、少ししたら夜が明けた。いつも家の前を通って行く、互いに犬を連れた女性二人組が、今朝も賑やかに世間話をしながら歩いていく。

しばらく姿を見せなかったオバサンは、最近また頻繁に顔を見せるようになった。オバサンもまた、私や美雪さんと同じように、ミツローさんが好きなのかもしれない。

今回の喪中ハガキは、印刷所に原稿を持って行き、印刷してもらったら、私が宛名を書き、切手を貼って投函する。

真生君がこの世に生を受け、生きたことを多くの人が記憶している限り、真生君は誰かの心の中で生き続ける。この喪中ハガキがそんな役目を果たせたら、本望だと思った。


今年は、年賀状の宛名書きの依頼をお得意さんだけに限り、新規では受け付けないようにした。それでも、十二月中にかなりの枚数の宛名を書かなくてはいけない。その作業が一気に始まる前に、私には片付けておかなくてはいけない仕事があった。

ずっと棚上げしていた、マダムカルピスから頼まれていた例のあれだ。

さすがにそろそろ、決着をつけなくてはいけない。マダムカルピスも、今年中にはけりをつけたいと話していた。

こたつに入り、みかんを食べながら、あーでもない、こーでもない、と考えを巡らせる。

三人で暮らすようになり、先代がいた頃に使っていたこたつを物置から引っ張り出してきた。使えるか不安だったけれど、コンセントにつないでみると、なんの問題もない。さすがにこたつ布団は鎌倉の湿気にやられてカビ臭くなっていたので、新調した。古い日本家屋は特に足元が冷えるので、こたつがあるとかなり助かる。

唯一の難点は、一度足を入れるとなかなか動けなくなってしまうことだ。ＱＰちゃんもミツローさんも、こたつから離れようとしない。家族全員が、こたつの周りに集まってくる。

筆記具に関しては、もう決めてあった。そんな内容の手紙を長々と便箋何枚にも書かれていたら、受け取った方は気が重くなるだろう。これからも友達付き合いが続くことを考えれば、要件だけをさらっと記した手紙がいいと思う。

近頃は、一筆箋もかなり充実していて、デザインも豊富だ。一筆箋に筆ペンで書く、というのが私のイメージだった。筆ペンなら、以前マダムカルピスがツバキ文具店で購入しているし、毛筆で書くほど重たくも、ボールペンで書くほど軽くもならない。一筆箋に筆ペンで少々雑に書くくらいの方が、逆にマダムカルピスの真意を伝えられそうな気がする。マダムカルピスだって、相手を傷つけたいわけではない。

私はこたつに足を入れたまま、いっきに清書した。

月日の経つのは早いものですね。みずほさんと
奈良に旅行したのは、もう何年前になる
かしら？ 楽しかったわね。
ところで、あの時、私が二人分の往復の新幹線の
チケットをまとめて買ったのですが、その分のお代
を実はまだいただいていないのです。 みずほさん、

あとで銀行に行っておろすわね、っておっしゃって、
そのままになってしまったの。
私がきちんとお伝えすればよかったのですが、
なんだか、妙に遠慮しちゃって。ケチくさい人間
だって思われるのが嫌で、黙ったまま先延ばし
にしてしまいました。

あなたがご病気だっていうのを知りながら、
こんなタイミングで申し出るのは本当に失礼だ
と思うのですが、でも私、これからもきちんと
みずほさんとお付合いを続けていきたいので、
思い切って伝えることにします。
お金のことでうじうじするのは、私も嫌ですし、

あなただって、知らないところでそんなふうに
私に思われるのは、本意ではないと思うので。
病気が治ることを、切に祈っています。
そして、私にできることがあったら、遠慮なく
言ってください。元気になったら、またふたりで
どこか温泉にでも行きませんか？

翌日、手紙が書けたことをマダムカルピスに報告したら、とても喜んでくれた。こういう時は、素直にありのままの感情を書けばいいのだ。難しく考えすぎていたのは、私だったのかもしれない。きっと、こたつに足を突っ込んだまま、普段着の感情で書けたのが、よかったのだろう。

気がつけば、すっかり紅葉が進んでいる。道端には水仙が咲き、朝は霜がおりるようになった。ツバキ文具店の藪椿も、ほぼ満開だ。思えば、激動の一年だった。

なんだかむしょうに紅葉が見たくなり、日曜日の朝、三人で獅子舞《ししまい》に足を運ぶ。獅子舞というのは土地の名前で、鎌倉の隠れた紅葉スポットだ。ミツローさんに獅子舞のことを話したら、行ったことがないというので私が案内する。QPちゃんも、獅子舞に行くのは初めてだ。

小さな橋を渡って道なりにしばらく奥に進むと、鉄塔が見えてきた。その横の畑では、巨大な白菜が、にょきっと土の上に顔を出している。

山へと入る入り口に、リスがいた。そのまま、二階堂川の源流に向かって山道を進む。足元が滑りやすいので、QPちゃんの手をしっかりとにぎった。まだ朝が早いせいか、それほど人は多くない。枝と枝の間にはられた蜘蛛の巣が、クリスタルみたいに輝いている。川を流れる水の音まで冷たかった。

山道を二十分ほど登ると、向こうに色とりどりの森が見えてくる。

「あそこが、獅子舞だよ」

私がそう声をかけた瞬間、QPちゃんがパッと手を振りほどいて駆けていく。

そこにあるのは、人の手の入っていない、自然の森の紅葉だ。お寺で見る整った木々の紅葉も洗練されていて美しいとは思うけれど、こういう、手付かずの紅葉も迫力がある。

色鮮やかな葉っぱの絨毯《じゅうたん》の上に並んで立って、私たちは空を見上げたまま放心した。銀杏《いちょう》の黄色が目に眩しい。あまりの光景に、ため息しかこぼれなかった。赤やオレンジ、黄色や黄緑の葉っぱが、視界いっぱいに広がっている。私の目にはわからないけれど、今この瞬間も、色は刻々と変わり続けているのだ。一枚一枚の葉っぱが、地球からの手紙のようだった。

　興奮しているのか、ＱＰちゃんはわざと足で葉っぱを巻き上げたり、両手いっぱいに落ち葉を掴んでそれを空中に放ったりして遊んでいる。奥深くに命のエネルギーを秘めているような、土の匂いにめまいがした。

「もうすぐ、今年も終わっちゃうねぇ」

「ほんと、あっという間だったよ。ミツローさんと結婚したのが今年だなんて、信じられないくらい」

　ミツローさんの大きな手が、私の右手をふわりと包み込む。ミツローさんは、身長のわりに手が大きい。木枯らしが吹き、乾いた落ち葉を巻き上げた。最後まで枝に残っていた葉っぱが、はらはらと雨のように落ちてくる。

「寒いなぁ」

　ミツローさんが首をすくめながら言った。ミツローさんは、極度の寒がりだ。

「帰るよー」

　ミツローさんが風邪を引くといけないので、頃合いを見てＱＰちゃんを呼んだ。ＱＰちゃんが、向こうから息を切らせて戻ってくる。

　嫌なことがあると、私、紅葉谷《もみじだに》に行って思いっきり叫ぶんです。

　先代は、静子さん宛の手紙にそう書いていた。紅葉谷というのは、獅子舞のことだ。先代は、なんて叫んでいたのだろう。

山道を下りながら、私も思いっきり叫びたくなる。

風が吹いて、シダの葉や笹の葉が、オーケストラの合奏みたいにせーので揺れた。

三人並んで来た道をのんびり歩きながら、ミツローさんが空を見上げた。周囲に広がっているのは、いかにも昭和の時代をそのままに残してあるような、どこまでものどかな景色だった。

「鳩ちゃんは、風船おじさんって、知ってる？」

少しだけ寄り道して永福寺《ようふくじ》跡を歩きながら、ミツローさんがいきなり言った。

「風船おじさん？　聞いたことがあるような、ないような……」

「そっか、ざっと説明すると、そのおじさんは、体に風船をくっつけて、そのまま飛んでいっちゃった人なの」

「風船で空が飛べるの？」

黙って私達の会話を聞いていたＱＰちゃんが、急に目を輝かせる。

「絶対にＱＰちゃんは真似しちゃダメだよ」

私が言うそばで、ＱＰちゃんは、いきなり前に駆け出して、大声で叫んだ。

「風船おじさ――――ん！」

その姿を見ながら、ミツローさんが話を続ける。

「今日みたいな青空を見ると、僕、風船おじさんのことをつい思い出しちゃうんだよね。実際はとっくに死んじゃっているんだろうけどさ、この青空のどこかに風船おじさんがまだいるのを想像すると、なんか楽しくなってくるっていうか」

「それ、ちょっとわかる気がするよ」

私は言った。

「この世の中は、目に見えている物だけでできているわけではないもの。今も、私の周りには、先代や美雪さんがちゃんと存在しているし。朝起きたら、おはよう、って声をかけたり、さっきみたいな美しい景色を見ている時は、きれいだね、って話しかけたりするの。

私自身が死なない限り、亡くなった人も私の中ではずーっと生き続けているんだ、って、そのことを最近強く感じるようになった。綺麗事とか、そういうんじゃなくて、具体的に共存しているような感じがするの」

うまく言葉で説明することができないのがもどかしかった。でも、確かにそうなのだ。先代も、美雪さんも、今この瞬間も私達と共に在る。頼りない私達を、大きくて透明でしなやかな膜のようなもので、優しく静かに守ってくれている。そのことを、肌で実感する。

鎌倉宮の方へ向かって歩いていたら、向こうからバーバラ婦人がやってきた。頭にチョコレートケーキみたいな帽子をかぶって、おめかししている。

「これからデートですか？」

私からの問いかけに、バーバラ婦人は、ふふふ、と頬を緩ませた。家の前では、オバサンが退屈そうに伸びをしている。


大晦日は、ホワイトシチューで年越しとなった。もう少しご馳走らしいものを作ろうと思っていたのだが、ＱＰちゃんから是非にとリクエストがあったのだ。

小麦粉をバターで炒め、それを牛乳で少しずつ延ばしてルーを作る。具は、じゃが芋と人参と玉ねぎと椎茸と、それに鳥一さんの鶏肉だ。先代の真似をして、隠し味に白味噌を入れてみる。

ただ、ホワイトシチューだけではあまりにわびしいので、ミツローさんにはカキフライを揚げた。

カキフライをつまみながら、ミツローさんとお燗酒《かんざけ》を飲む。

私は断然、醤油派だが、ミツローさんは、カキフライにはソースをかけて食べる。これまで、カキフライにソースをかけるという発想自体がなかった。

「カキフライには、やっぱりお醤油じゃない？」

ミツローさんに異議を唱えてみるけれど、ミツローさんは断固としてソースをかけ続ける。ミツローさんの実家からまた大量のゆずが届いたので、私は醤油と一緒にゆずの搾り汁もかけてみる。

あまりに寒いので、途中からこたつに移動した。

「こたつで熱燗なんて、夫婦っぽいですなぁ」

ちょっとおどけて言ってみた。けれど、しばらく待ってもミツローさんから返事がない。どうしたんだろうと思って顔を覗き込んだら、ミツローさんが手の甲で必死に目をこすっている。

「泣いてるの？」

驚いて、思わず言ってしまった。ミツローさんの顔が、赤くなっている。ミツローさんは、決してお酒に強くないのだ。酔っ払って、涙もろくなったのかもしれない。

「だってさぁ」

ミツローさんは、ゴシゴシと目尻を拭いながら言った。それでも、涙がにじみ出てくる。

「だって、自分の人生にまたこんな日が来るなんて、思ってもいなかったから……」

そう言うと、とうとうこたつのテーブルに突っ伏してしまった。

「おとうさん、大丈夫？」

不安そうにQPちゃんがたずねるので、

「おとうさんね、嬉しくて泣いちゃったんだって」

そう言ったら、私までもらい泣きしそうになる。

白いご飯からも、ホワイトシチューからも、ほわほわと湯気が上がっている。それを見ているだけで、視界が揺れる。こういう時間をいくつもいくつも積み重ねて、私達は少しずつモリカゲ家になっていく。

「旦那さーん、カキフライ、まだ残ってますよー。冷めないうちに、食べてくださーい」

突っ伏したままのミツローさんに、半分ふざけて声をかける。するとミツローさんはようやく顔を上げ、泣き腫らした顔で、

「ささ、おかみさんも、一杯」

そう言いながら、私のお猪口《ちょこ》にお酒を注ぐ。ミツローさんがなみなみと注ぐので、お猪口からは今にもお酒がこぼれそうになっている。

時計を見たら、まだ八時前だった。外が真っ暗で静かすぎるせいか、もうすでに夜更けのような気持ちになっていた。

「明日は晴れたら由比若宮《ゆいわかみや》まで初詣に行こうね。その足で、帰りに若水をくみに行きましょう」

「はーい」

ミツローさんとQPちゃんが、合唱するように声をそろえる。

徳利が空になったので、もう一本燗をつけるため席を立つ。ミツローさんのおとうさんが送ってくれた酔鯨《すいげい》をチロリに移し、沸かしたヤカンのお湯の中にぽとんと沈めた。

私も、少し酔っ払っているかもしれない。

目を閉じると、無数の星が見えてくる。

蕗味噌

正月早々、家の呼び鈴が鳴った。

慌てて玄関先に駆け出し、鍵を開ける。

「あけまして、おめでとうございます」

相手が誰かはわからないが、来客には違いないので、気持ち丁寧に声を出し引き戸を開けた。暮れの大掃除の際、ミツローさんが敷居にスプレーをかけてくれたので、これまでのガタガタが嘘のようにするりと開く。

私は、目の前の光景に啞然《あぜん》とした。

「なんでここにいるのよ……」

数秒後、なんとか声を絞り出した。

目の前にいる女は、性懲りもなく、首から山伏のようにアクセサリーをじゃらじゃらぶら下げ、髪の毛を蛍光色に染め、派手なミニスカートにハイヒールを履いている。足を包み込んでいるのは、網タイツだ。

レディ・ババは言った。

「実家に帰って、何が悪いのよ」

近づくと、陳腐な香水の臭いが漂ってくる。

「実家ってね、あなた、勝手に私を置いて出て行ったんでしょう。ふざけないで。さっさと帰ってください。ここはもう、あなたの実家でもなんでもありませんから」

「あんた、結婚したんだってね」

真新しい「守景」の表札を顎でしゃくりながら、レディ・ババがバッグをまさぐっている。ようやく取り出したタバコにライターで火をつけようとするところで、私は言った。

「禁煙です、やめてください」

「いちいちうるさいね」

レディ・ババはそうつぶやくと、一服だけして地面に投げ捨て、ハイヒールのつま先をこすりつけるようにして火を揉み消す。

「何しに来たんですか、さっさと帰ってください」

私が言うと、

「お年玉」

レディ・ババが右手を差し出した。

「ちょうだい」

「は？　いい歳した大人が、お年玉ですか？　そんなの、あげられるわけないでしょう。第一ね、娘にお年玉をせびりに来る母親がどこにいると思ってるのよ。いい加減にしてください。とにかく、早く帰って。もうこの家には一切近づかないで。私の家族に指一本でも触れたら、承知しないからね」

口調は完全にヤンキーだった。レディ・ババと元ガングロのガチンコ対決なんて、笑うに笑えないけれど。

その時、家の奥から「はとこー」と呼ぶ声がして目が覚めた。

「大丈夫？」

ミツローさんが心配そうに顔を覗き込んでいる。

「怖い夢を見てたみたい」

私は言った。

まだ、心臓がドキドキしている。レディ・ババのことは、ミツローさんにも話していない。だから、どんな夢を見ていたのかは言えなかった。

「そっちで寝てもいい？」

たずねたら、ミツローさんが黙って布団の縁《へり》を持ち上げてくれる。

私は素早く、ミツローさんの布団に転がり込んだ。体と体を、ひとつのそら豆のようにぴったりとくっつける。鴨居《かもい》には、書いたばかりの三人の書き初めが並んでいる。

「なかよし」「家内安全」「笑」

三人それぞれの、血の通った書き文字だ。今年は、半紙いっぱいに大きな字が書きたくなって、「笑」の一文字を選んだ。「家内安全」はミツローさんの秀作である。

ミツローさんの温もりに包まれて安心したせいか、目を閉じてもレディ・ババは現れなかった。けれど、あれが私の初夢だと思うと、気持ちが萎《な》える。しばらく姿を現さなかったので、ちょっと油断していたのかもしれない。

夢でよかったと思う反面、あんな形で私の内部にまで存在の根っこを巡らしていることが、恐ろしくも思えた。夢の中に現れるということは、私の無意識の世界でも幅をきかせている、という証拠だ。いつか、あんなふうにいきなり家の前に現れるのではないかと想像すると、虫酸《むしず》が走った。

私はただ、レディ・ババの夢が怖くてミツローさんの布団に潜り込んだだけだった。けれど、ミツローさんは私が彼を「求めている」と拡大解釈したようだ。

ミツローさんの愛撫《あいぶ》がくすぐったくて、私は思わず笑い声を上げそうになる。ミツローさんとそういうことをしていると、私はどうしても、お医者さんごっこをしているような気分になってしまうのだ。

でも、ミツローさんはいたってまじめに、私の体を下ごしらえしている。途中から私も、ミツローさんの真剣さに呑み込まれてしまった。そんな時はいつも、隣の部屋で寝ているQPちゃんや、お隣のバーバラ婦人に知れないかとハラハラする。

ミツローさんに体のすみずみまでいじられるのは恥ずかしいけれど、そんなことを許せる相手は世界でミツローさんしかいない。


年が明けてまだ日が浅いというのに、いろんなことが起こった。

一月六日の午後、今年も若菜摘みに出かけた男爵が、お土産を届けてくれる。せり、なづな、ごぎょう、はこべら、ほとけのざ、すずな、すずしろ。

中には、まだ根っこに土がついている草もある。

男爵は、すっかり好々爺だ。去年、パンティーが無事に男の子を出産した。どう見ても孫と間違えられそうだけれど、男爵はそんなことを気にする様子もなく、たまにベビーカーを押して歩いている。

パンティーが職場復帰したら、男爵が子育てをするのだろうか。

いつも急いでいるので、今日もてっきり早々に帰るかと思っていたら、男爵はなかなか帰らない。

「お茶、飲みますか？」

おずおずたずねると、私がここにいることにたった今気づいたかのような驚いた表情を浮かべて、おぅ、などと空返事をする。今年は甘酒ではなく、お歳暮にもらった梅昆布茶をふるまっている。

私がお茶の準備をしている間、男爵は店の文房具を見たり触ったりしている。

「これ、本当に食べても平気なのか？」

ストーブにかけてあったヤカンからお湯を注いでいると、男爵がクレヨンをいじりながら私にたずねた。

「主な成分は蜜蠟《みつろう》なので、口に入れてしまっても大丈夫です。私も、実際に食べてみましたけど、問題ありませんでした」

蜜蠟と声にしたら、思わず夫の顔が浮かんでしまった。昨日までは、ミツローさんとＱＰちゃんもお店を手伝ってくれていた。

「梅昆布茶です。どうぞ」

お正月なので塗りの茶托にのせ、男爵に差し出す。表面には、金粉が浮かんでいる。

小さな湯呑み茶碗を使っているので、梅昆布茶は二口か三口でなくなった。それでも、男爵は帰ろうとしない。珍しく視線を泳がせて、きょろきょろしている。

男爵らしくないなぁ、と感じたけれど、きっと子どもが生まれて男爵も丸くなったのだと、私は勝手に理解した。けれど、そうではなかった。

「もう一杯、梅昆布茶を飲まれますか？」

私が問いかけると、

「実は、ちょっとお願いしたいことがありまして。また、手紙を書いてほしいんです」

突然、他人行儀な話し方をする。

「よかったら、おかけください」

丸椅子をすすめると、男爵はそこに腰を下ろした。私がおかわりの梅昆布茶を淹れかけたら、それを制して、白湯《さゆ》にしてほしいと言う。私も、自分のマグカップに白湯を注ぐ。自分で買った訳ではないから文句は言えないけれど、梅昆布茶は飲むと喉が渇く。やっぱり来年からは少し手間はかかっても、甘酒の方がいいかもしれない。

つらつらとそんなことを考えていたら、男爵がいきなり言った。

「癌《がん》が見つかっちまってよ」

「えっ、誰に？」

思わず馬鹿な質問をしてしまう。

「俺に決まってるだろ」

「パンティー、いや、奥さんは知っているんですか？」

男爵が癌になったことはもちろん気の毒だけれど、子どもを産んだばかりのパンティーのことを思うと、胸が破れそうになる。

「言える訳ないだろ」

男爵は机の上に頬杖をつき、岬から海を眺めるような眼差しを浮かべている。

「医者以外で知っているのは、俺とお前さんしかいない」

両手にいきなり、重たいボールを持たされた。

「このままずっと、秘密にするつもりですか？」

しばらく経ってから、男爵にたずねる。男爵は、顔色もいいし、体形もこれまでと変わらない。だから、そんなふうには見えなかった。私は、からかわれているのかもしれない。そう思おうとしたけれど、やっぱり男爵は私をからかっているのではないらしかった。

「最後、どこまで嘘を通せるかわからないけどよ、やれるところまでとことんやるよ。医者は昔からの知り合いだし、融通が利く。お前さんさえ黙っててくれたら、万事うまくいくんだ」

「万事うまくいくって……」

ただ、男爵の気持ちがわからないわけでもない。パンティーや息子のことを思ってのことなのだろう。

「自分は最後、サプライズで再婚までして子宝にも恵まれて、万々歳だよ。でも、あいつらの人生はまだこれからだろ」

そこまで言うと、男爵は初めて目を潤ませた。

「俺が死んだら、あいつに手紙を渡してほしい」

男爵が言って、私の前で頭を下げる。でも、私はそんな申し出を受け入れるわけにはいかない。

「そういう大事な手紙は、自分で書いてください！」

思わず、大きな声を出してしまった。

「書きたくても、書けねんだ」

男爵が、私の前に右の手のひらを差し出す。その手が、小刻みに震えている。

「どうしたんですか？」

「手がしびれて感覚がなくなってんの。だましだましやってきたけど、もう限界だ。バチが当たったんだよ」

男爵はあっけらかんと言い放った。

「若い頃、いろんな人に迷惑かけたし、不幸にもしてきたからな」

男爵は、机の上にあった鉛筆を持とうとしたが、うまく持つことができなかった。以前より、悪化しているということだろうか。二年ほど前、一緒につるやで鰻を食べた時は、ふつうに箸を持っていたような気がする。それとも、私が気づいていなかっただけなのだろうか。でも、今回はもう、成功報酬というわけにはいかないのだ。パンティーに手紙を渡す頃、男爵はもうこの世にいないのだから。

「間違っても、しみったれた手紙なんて、書くんじゃねーぞ」

男爵は、いつも通りの強い口調に戻って言った。

「それと、またあれの続きをやらねーか？」

「あれって？」

「だから、七福神巡りだよ。あれがきっかけであいつと結ばれたから、なんかちゃんと最後までやっておきたくてさ。途中で終わったら、気持ち悪いだろ」

男爵の口から、結ばれた、なんて表現を聞くと、恥ずかしくなってこっちが赤面してしまいそうだ。

でも、こういう男の人に限って、意外とロマンティックだったりするのかもしれない。

「そうですね、また七福神巡り、やりましょう」

あの日は、北鎌倉の駅からスタートして、浄智寺《じょうちじ》の布袋《ほてい》様と寶戒寺《ほうかいじ》の毘沙門天《びしゃもんてん》様、それに鶴岡八幡宮の弁天様まではお参りできたが、その後、唐突にお開きとなった。天気予報が見事に外れて、途中から雨になってしまったのだ。

男爵とパンティーはそれからふたりで稲村《いなむら》ヶ崎《がさき》温泉へ行くことになり、その道中で恋仲になったと、以前、パンティーから聞いたことがある。

「俺は寿命だからいいんだ、これでも長生きしたと思ってるから」

確かに、そうなのだろう。

「でも、あいつらにとっては、これからが人生の本番だからさ」

男爵に悲壮感がないから、私も淡々としていられた。でも、もしも二年前に同じことが起きていたら、私はもっと動揺して、泣いたり、わめいたりしていたかもしれない。もちろん、男爵がいなくなってしまうことだけに焦点を当てれば、悲しい。想像すると、涙が出そうになる。男爵は、私のおしめを替えてくれた人だ。だけど、もっと大きな目でぼんやりと世界を見つめたら、そんなにジタバタすることでもないのかもしれない。人はいつか、必ず形をなくすのだから。

去年の六月、鬼の形相を浮かべてツバキ文具店へやって来た、葉子さんのことを思い出した。あの時の葉子さんは、唐突に亡くなったご主人への怒りを胸いっぱいに溜め込んでいた。悲しみたいのに悲しめない、泣きたいのに泣けなくて、苦しんでいた。あれから、どうしているだろう。胸を塞いでいた氷のような悲しみを、溶かすことはできただろうか。

男爵を見送り、しばらくぼんやりする。昨日までの賑わいとは打って変わって、今日は静かな一日だった。

店を閉め、男爵が持ってきてくれた七草を水に浸ける。

それから、晩ご飯の支度を始めた。

今夜は、鍋焼きうどんだ。伊達巻きやかまぼこ、鶏肉や三つ葉、椎茸や昆布巻きなど、おせちの残りを具材にして、うどんと一緒に土鍋に入れてくつくつ煮込む。モリカゲ家に伝わる昔からの料理で、ミツローさんにとっては、これが、おふくろの味なのだとか。

新年の挨拶の電話をかけた時、ミツローさんのおかあさんに作り方を聞いたら、ほどなく、丁寧にレシピを書いたファックスが送られてきた。その長いファックスを見ながら、鍋焼きうどんの準備をする。

男爵のところでは、何を食べているのだろう。パンティーの話だと、男爵は料理がとても上手だというから、今頃、男爵が腕をふるっているのかもしれない。手のしびれが大丈夫か気になるけれど、もしかすると料理をしたりして気分転換する方が、いっとき苦痛を忘れられるのかもしれない。

　蓋を開けると、卵にちょうどよく火が通っていた。

「できたよー、熱いうちに食べよう」

　大声でふたりに呼びかける。ミツローさんはメガネをかけて熱心に新聞を読み、ＱＰちゃんは去年のクリスマスにプレゼントしたぬいぐるみでおままごとに興じている。ＱＰちゃんは、七夕に続いてサンタクロースにも、「いもおとかおとおと」をリクエストしたが、それを枕元に置いてあげることはできなかった。

　土鍋の両端を鍋つかみで支え、転ばないよう気をつけながらこたつに運ぶ。鍋の中身は、余熱でぐつぐつと煮えたぎっている。

　ミツローさんと結婚してから、うどんに目覚めた。特にこんな日は、うどんに限る。うどんはまるで、慈愛に満ちたおかあさんみたいだ。体と心を、うんと優しくほぐしてくれる。

　モリカゲ家に伝わる残り物おせちの鍋焼きうどんは、滋味深いふくよかなお出汁《だし》がたっぷり出ていた。人種のるつぼじゃないけど、お鍋の中で、個性豊かないろんな具材が力を合わせ、補ったり席を譲ったりしながら、ひとつの世界を作り上げている。一口飲むたびに、心がぽわんとほどけていく。

「明日の朝は、爪を切ろうね」

　苦手なネギをお椀に残し、さっきから箸でいじっているＱＰちゃんに私は言った。

「どうして？」

「七草を浸けておいたお水で爪を濡らしてから爪を切ると、その年一年、元気でいられるんだって」

「本当に？」

「本当だよ」

　実は去年、もういいだろうと思って七草爪をさぼった。そうしたら、ほどなく風邪を引いてしまったのだ。もちろん、直接的な因果関係がないことくらいわかっている。迷信と言えば迷信だ。けれど、それをすることによって気合が入って、自分は風邪を引かないのだと暗示をかけ、体が風邪の菌をブロックしている、ということはあるのかもしれない。

実際に風邪を引いた時、それを強く感じたのだ。だから今年は、七草粥《がゆ》の朝に絶対爪を切ろうと決めている。

「ごちそうさまでした！」

くたくたになったネギを残したまま、ＱＰちゃんが席を立つ。すぐに、みかんの入っているカゴを持って戻ってきた。

先代はよく、私にみかんをむいてくれた。外側の皮だけではなく、一房ごとに包まれている薄い皮をむいて、食べさせてくれた。ＱＰちゃんと暮らすまで、そんなことはすっかり忘れていたのだが、寝食を共にするようになって思い出した。

ＱＰちゃんと日常を重ねることによって、自分にとっての空白の時間があぶり出されてくる。先代の立場になって、初めて見えてくる景色がある。

「娘にはきれいにむいてあげるのに、僕にはむいてくれないんだね」

食事を終えたミツローさんの前にみかんをそのまま渡したら、ミツローさんがちょっとふくれた。

「当たり前でしょ。ミツローさんは自分でむけるもん。

でもミツローさんがおじいさんになって、みかんの皮が飲み込めなくなったら、その時は薄い皮までちゃんとむいてあげるよ」

それは、私の本心だった。

ミツローさんはきっと、かわいいおじいさんになるに違いない。

郵便受けに一通のエアメールを見つけたのは、鎌倉の空に小雪の舞う午後だった。旧暦二月三日の手紙供養に合わせて、今年も全国各地からツバキ文具店あてに郵便物が届いている。毎日取り出さないと、小さい郵便受けはすぐに手狭になってしまう。

もしかして、と思ったら、やっぱりイタリアの静子さんからだった。

先代が送った文通の手紙を私に戻してくれたお礼は、息子のニョロを通じてもう随分前に伝えてあったが、去年の暮れに年賀状を送る際、よかったら私と文通を再開しませんか、と書き添えたのだ。

宛名には、「ツバキ文具店　守景鳩子様」とある。

静子さんとは、先代の文通相手として、何度も会ったことがあるような気になっていた。けれど、実際は顔を見たこともなければ、声を聞いたこともない。静子さんの手書きの文字を見ること自体、初めてだった。

ニョロの年齢から考えると、静子さんは、おそらく五十代後半か、六十代だろう。そのわりには、字がとても若々しい。外国に長く住んでいる人の文字だ。日本語の筆跡に、眩しいような初々しさが息づいている。

一時期、ＱＰちゃんと文通をしていたけれど、ひとつ屋根の下に暮らすようになった今、その習慣はすっかりご無沙汰となった。だから、新たな文通相手ができたことに、軽くスキップをしたいような心境だった。

店に戻り、さっそくペーパーナイフで封を開ける。

封筒を開けた瞬間、ふわりとイタリアの空気が弾けた。

Buongiorno!

鳩子さん、はじめまして! 静子です。

あなたのおばあさまと、長く文通をしていました。だから、

あなたのことは、幼い頃からなんとなく知っていて、勝手に、

遠い親せきのおじょうさんのような気持ちでおりました。

ご結婚なさったのですね。おめでとうございます!

きっと、天国のおばあさまも喜んでいらっしゃることでしょう。

手紙にはいつも、鳩子さんのことが書かれてありましたので。

あの手紙が、鳩子さんとかし子さんの関係を取り戻す

お手伝いができたと知り、私もとてもうれしくなりました。

鳩子さんは、あの手紙をもう一度私の元に戻すべきなのでは

ないかと悩まれているようですが、それには及びません。

あの手紙は私にとっても、大切な人生の記録であることは

確かです。だから、息子に持たせる前に、コピーを取りました。

お心遣い、ありがとうございます。原本(?)は、鳩子さんが

持っていてください。かし子さんも、きっとそれを望んでいます。

かし子さんと文通していた頃は、ミラノに住んでおりましたが、

主人も仕事を引退したので、今は北イタリアにある山あいの

小さな村に暮らしています。娘も息子も独立し、今は

主人とふたり暮らしです。

もうすぐ、長女が出産するので、そうなると、私もいよいよおばあちゃん！

これまで、かし子さんには、本当にたくさんの悩みを聞いてもらいました。主人にも、実の母にも相談できないことも、不思議と、かし子さんには打ち明けることができたのです。

かし子さんに、どれだけお礼を伝えても足りません。

最後の手紙をいただいてから、私は毎日、祈るような気持ちで郵便受けをのぞいていました。来る日も来る日も、かし子さんから次の手紙が来るのを待っていたのです。けれど、ついに届きませんでした。かし子さんが最後と書いていた手紙は、本当に最後になってしまったのです。

あの時の寂しさを思い返すと、今でも涙がこぼれます。

かし子さんは、私の心の友でした。

けれど、思わぬ形で、今度はかし子さんが大切に育てられたお孫さんと、またこうして文通が再開できるとは、なんという fortuna でしょう！

この年になると、サツバツとした世の中に嘆くことも多くなってきますが、こんな時代でも、こんなステキなことが起こるんですね。

戸棚を探したら、まだエアメール用の封筒がありました。

カし子さんとの文通の際、よく使っていた封筒です。
鳩子さんも、私のことを親戚のおばさんか何かだと思って、
気軽になんでも書いてください。
私達の文通に、イタリアと日本で、共に祝杯をあげましょう。
In bocca al lupo!

Shizuko

（In bocca al lupo! は、私の大好きな言葉です。
boccaは口、lupoはオオカミなので、直訳すると、
「（幸運は）オオカミの口の中」です。
鳩子さんのご多幸を、心よりお祈りしております！）

先代から、大きなギフトをもらった気がした。サンタクロースを信じている子どもが、枕元にプレゼントを見つけたら、きっとこんな気持ちに包まれるのかもしれない。先代からクリスマスプレゼントをもらったことはなかったけれど、これは紛れもなく、年をまたいだクリスマスプレゼントだと思った。こんな形で静子さんとつないでくれるとは、先代も粋《いき》なことをする。

すぐに返事を書きたくなったけれど、ここは少し我慢して、気持ちが落ち着くのを静かに待とう。

ふと顔を上げると、地面にうっすらと雪が積もり始めていた。真っ赤な藪椿達も、白い衣をまとっている。その姿が、なんだかサンタクロースに見えてくる。

静子さんにならレディ・ババのことも相談できそうな気がした。私もいつか、静子さんを、心の友と呼べる日が来るだろうか。心の友と呼んでもらえる日が、来るだろうか。

そうだ、今日はQPちゃんのおやつに、安納芋《あんのういも》を焼いてあげよう。昨日、バーバラ婦人が持ってきてくれたのだ。

オーブンでほっこりと焼いて、それにバターを溶かして食べよう。

もうすぐ、おなかをすかせたQPちゃんが、学校から帰ってくる。

「試食会をしたいから、今度の日曜日のお昼、店に来てくれないかな。できればいろんな人の意見を聞きたいので、バーバラ婦人や他の人にも声をかけてほしいんだけど」

数日後、夕飯の洗い物をしていたら、いつになく深刻な表情を浮かべて、ミツローさんが言った。このところ、お店の準備で忙しくしている。

開店に向けた作業をすべてひとりでこなしているので、朝から夕方まで、ほぼ一日中店にこもりっぱなしだ。内装の方は、できるところは自分でやり、プロでないとできないことに関しては業者に頼んで、順調に進んでいるとのことだった。けれど、店で何を出すかがなかなか決まらず、ミツローさんは頭を悩ませていた。

「カレー、できたの？」

カレーで勝負したい、というのは、以前からミツローさんが決めていたことだ。

「今は何も言えない。とにかく、日曜日に食べに来て」

どうやらミツローさん、緊張しているらしい。珍しく、眉間に皺を寄せている。

「何かお手伝いしなくてもいいの？」

私がたずねると、大丈夫だから、試食会のメンバーをそろえてくれるだけでいいとのこと。ミツローさんにとって試食会は、一世一代の大勝負なのかもしれない。私まで、緊張して肩に力が入りそうだ。

ミツローさんがこつこつと自力で作り上げたお店は、なかなかいい雰囲気だった。取り立てて凝ったものはないものの、清潔で気持ちよく、ほのかな温もりもある。それに、キッチンスペースに窓があって、そこからの景色がすばらしかった。いかにも素人が手作りした、という稚拙《ちせつ》さはどこにもないし、トイレには最新式のウォシュレットが入っていて、快適だ。カウンター五席にテーブル席がふたつのほどよい広さで、これならミツローさんひとりでもうまく店を回すことができる。狭いわりに動線はしっかりしていて、ミツローさんが自由に動いても、妨げにならない。

「いいお店になったね」

「鳩ちゃんに背中を押されて、正解だったよ」

私とＱＰちゃんは、少し早めに到着したので、まだ他の人は来ていない。ミツローさんは、頭に手ぬぐいを巻き、腰にはきゅっと麻のエプロンをしめている。その姿が、様になっていた。

バーバラ婦人は、わざわざお洒落をして試食会に来てくれた。リボンのついた、かわいいベレー帽をかぶっている。男爵は、中学の同級生だという友人をひとり連れてきた。男爵に声をかけることにはためらいもあったけれど、私の知人の中でもっともおいしいものを知っているのは男爵だし、試食会なのだから、忌憚《きたん》のない意見を言ってもらった方が、ミツローさんのためにもなると覚悟を決めたのだ。男爵が連れてきた友人もまた、いかにもおいしいものを食べ尽くしていそうな雰囲気を発している。

こうして、試食会に集まった五人がカウンターに勢ぞろいした。ミツローさんが、さっそく調理にとりかかる。どんなカレーが登場するのか、私たちはまだ一切知らされていなかった。

カレーのルーを温める鍋の横で、ミツローさんが揚げ物を始める。ミツローさんが熱心に揚げているのは、アジフライだ。油の音が、賑やかに響いている。換気のためミツローさんが窓を開けると、ちょうど前の通りを、あでやかな着物に身を包んだ男女をのせた人力車が走っていく。

料理を待つ間、コップに水を注いで全員に配った。アジフライは、美しい黄金色に揚がっている。緊張が、いつの間にか期待に変わっていく。誰かのおなかから、ぐぅぅぅぅぅぅ、という悲痛なうめきが聞こえた。炊きたてのご飯の香りに目がくらみそうになり、思わず、ごくりと唾を飲み込んだ。

ＱＰちゃんが、真剣な眼差しでミツローさんの一挙手一投足を凝視している。スプーンを片手に、今にも飛び出したいような心境だった。

皆が固唾《かたず》を呑んで見守る中、ミツローさんは、少しも焦った様子を見せず、淡々と自分のペースで仕事をしている。その姿が、頼もしい。

「お待たせしました」

全員の前に、お皿が運ばれた。

「アジフライカレーです。どうぞ、熱いうちに試食してください」

QPちゃんの前にも、大人とほぼ同じ量のアジフライカレーが置かれている。

「あー、もう待てないわ。さっそく、いただきますね」

バーバラ婦人の声を合図に、そこに居合わせた人たちがそれぞれカレーを食べ始めた。

それでも、私はなかなかスプーンを差し込むことができなかった。ほわほわと白い湯気を立てている一皿のカレーは、見ているだけで絶景のように胸に迫り、その世界を壊してしまうのがもったいないように感じてしまう。さっきまでは、あんなに食べたいと思っていたのに、私はカレーを食べ始めることができなかった。

だって、そこにはミツローさんの喜びも怒りも哀しみも楽しみも、すべてが込められているのだ。美雪さんと出会って、鎌倉でデートして、いつか鎌倉でカフェをやりたいね、とふたりで夢を語り、別の場所でQPちゃんが生まれて、美雪さんが事件にあって、ミツローさんは悲しみのどん底に追いやられた。それでもなんとか気持ちを切り替え、QPちゃんとふたりで鎌倉にやって来た。でもなかなかうまくいかなくて、歯を食いしばって試行錯誤の末にようやく辿り着いたのが、今、目の前にあるカレーなのだ。その途中からは、私もミツローさんの人生に加わった。

その、決して平坦ではなかった道のりを想像すると、一皿のカレーがあまりに多くを物語っていて、食べられなくなってしまった。

そのまま、ずーっと見ていたい、そんな気持ちになっていた。

すると、

「鳩ちゃん、どうしたの？　早く食べないと冷めちゃうよ」

私の前にミツローさんがやって来て、小声でささやく。

「試食会だから、食べてもらわないと困るんだけど」

ミツローさんのその言葉にハッとした。それから、感傷に浸っている自分自身を封印し、いきなり現実に戻って食べ始めた。そうだった、今日は試食会で呼ばれているのだ。

それは、いかにもミツローさんらしいカレーだった。さらさらしていて、清らかで、美しかった。けれど、ただ淡いだけでなく、奥の方でしっかりとスパイスがふんばっている。様々な感情を持ちながらも、決してそれに振り回されない。しっかりと地に足がついていて、それはまさに、ミツローさんそのものだった。

「ここまでされたら、アジも昇天するよ」

最初に感想を述べたのは、男爵の幼なじみだ。

「昔、スキーに行くと、よく昼にカツカレーを食べたんだけど、それを思い出して懐かしくなったよ。でも、今はカツだと次の日まで残って胃が苦しくなるから、アジフライの方がありがたい」

そう言った男爵のお皿は、ほぼなくなっている。

「カレーとアジフライの相性が、とってもいいわね」

ひとりごとのようにつぶやいたのは、バーバラ婦人だ。そんなに辛くないので、ＱＰちゃんも無言で食べている。

「もっと、ここを直した方がいいとか、そういう意見もお願いします」

褒め言葉が続いたので、その流れを変えようとミツローさんが声を上げる。すると、

「このカレーだったら、ラッキョより福神漬けの方が合うんじゃないか」

男爵が言った。

「ご飯は、もう気持ち硬めの方がいいんじゃないかしら？」

バーバラ婦人の意見に、私も賛成だ。

そのすべてのやりとりを、ミツローさんがメモしている。

「何か、このカレーにネーミングがあるといいんじゃない？　なんとかカレー、みたいな。誰でもすぐに覚えられる」

そう言ったのは、男爵の幼なじみだ。

「でも、鎌倉パスタとか、鎌倉シャツとか、鎌倉カスターとか、鎌倉は出尽くしてるからなぁ。鎌倉カレーだと、百番煎じくらいになっちゃうよ」

男爵がつぶやく。

「鎌倉カレー、すでにありそうですね」

ミツローさんも、ぽつりと言った。

「湘南カレーはどうですか？」

「それか、逆に地域をしぼって、二階堂カレーとか」

その会話も、ミツローさんはちくいちノートに書き残している。

私は、二階堂カレーなんて案外いいんじゃないかと思ったけれど、その場では何も言わなかった。

全員がカレーを食べ終わった後、ミツローさんがチャイを淹れてくれた。

「あー、おいしい」

一口飲んで、思わずため息がこぼれてしまう。甘さを控えているので、足りなかったら蜂蜜を足すよう言われたけれど、チャイの奥の方に隠れているほんのりとした甘さが、私にはとても心地よかった。

「通常ですとチャイは紅茶の葉っぱを煮出して作るんですが、うちは夜の営業です。お客さんはうちで食べてから家に帰って寝るので、カフェインは控えた方がいいかと思って、このチャイにはルイボスティーを使っているんです。ルイボスティーには、カフェインが含まれていないので。

でも、物足りない感じとか、ないですか？」

ミツローさんが、心配そうにみんなの顔を覗き込む。

「いえいえ、このさらっとした感じが、夜のミルクティーとしては最高だわ」

バーバラ婦人が真っ先に太鼓判を押してくれた。

「なんか、二日酔いにも効きそうだな、これ」

そう言ったのは、男爵だ。

「カレー自体が薬膳ですし、チャイにも、ぐっすり眠れるスパイスを入れてあります」

「だからかー、なんか眠くなってきた」

男爵の幼なじみは甘党なのか、蜂蜜をたっぷり溶かして飲んでいる。

試食会だというのをすっかり忘れ、この店のお客になって食事を堪能したような気分だった。

最後まで残って世間話をしていたバーバラ婦人を見送って、また店には私とミツローさんとＱＰちゃんだけになる。後片付けくらい手伝おうと思ったら、ミツローさんがこれは自分の仕事だからと譲らない。

「それより、さっきのカレー、本当にどうだった？　お世辞とかじゃなくて、ちゃんとした意見を言ってよ」

ミツローさんが私の目をじっと見る。

「じゃあ、本当のことを話すね」

私は言った。ミツローさんの顔に緊張が走る。

「おいしかったよ。お世辞じゃなくて、本当に本当においしかった。

食べながら、そよ風に吹かれているような気分になった。あれなら、お客さんも喜んで食べてくれると思ったよ。みんな、疲れてヘトヘトになって帰ってきて、でもここに来ればあのカレーが食べられると思ったら、元気になれそうな気がする。

疲れている時って、揚げ物が食べたくなるじゃない。でも、胃もたれはしたくないじゃない。さっきのカレーは、その両方を満たしてくれるんじゃないかと思ったの。毎日はどうかと思うけど、週に一回くらいは、絶対に食べたくなるカレーだったよ。私も、明日出されたらまた喜んで食べちゃうもん。

それに、アジっていうのが、すごくいいと思う。この辺りのアジは、日本一だから。アジの揚げ方が抜群でした」

ミツローさんは、唇をぎゅっと噛みしめながら聞いていた。

「でも、アジフライとカレーを合わせるなんて、どうやって思いついたの？」

ずっと気になっていたことを、私はたずねた。

「単なる偶然っていうかさ。まだ鳩ちゃんと一緒に暮らす前、総菜屋さんからアジフライを買ってきたことがあって。でもなんかちょっと物足りないなぁ、と思って鍋を見たら、具のないカレーが少しだけ残ってたんだ。それで、そのカレーを水で伸ばして温め直して、アジフライと一緒にどんぶりにのせて食べたら、おいしくてさ。でも、その時のカレーは、市販のルーを使ったものだったから、一からアジフライに合うルーを開発したんだよ」

「ミツローさんが、秘密裏にそんな研究をしているとは知らなかった」

「だって、このまま鳩ちゃんに食べさせてもらうわけにはいかないだろ。ヒモにならないようにって、必死だったよ」

外に出たら、どこからか懐かしいような香りが流れてくる。

QPちゃんとふたりで、荏柄天神まで歩いて、梅の花を見に行った。急な階段をあがり、境内にある梅の木を探す。寒紅梅に、ぽつぽつと、濃いピンクの梅の花が咲いている。お賽銭をあげ、学問の神さまに手を合わせた。

この神社では、毎年一月二十五日に、筆供養の儀式が行われる。使い古した筆や鉛筆を、焚き上げて供養するのだ。もしかすると先代は、この筆供養から、手紙供養を思いついたのかもしれない。

「今度の筆供養には、QPちゃんの小ちゃくなった鉛筆も、一緒に持ってこようね」

遠い昔に、私と先代も、そんな言葉を交わしたのだろうか。

いつにも増して、階段の上から眺める景色が穏やかだった。南の方から、春が、一歩ずつ近づいてくる。


「ごめんください」

みぞれまじりの雨の中、ひとりの和服女性がツバキ文具店に現れた。優雅な仕草で和傘をすぼませ、するりと店の中に入ってくる。初めて見る顔のお客だった。

まだ店を開けたばかりで、ストーブの火にかけているお湯が沸いていない。どうやら、代書の依頼のようだ。

「こちらにどうぞ」

ふわりと和装コートを脱いだ女性に、丸椅子をすすめる。淹れたばかりの京番茶がポットに入っていたので、耐熱ガラスのコップについで差し出した。

「あー、懐かしい」

女性は、陽だまりでまどろむ猫のような表情を浮かべながら、両手で軽く抱きしめるようにコップを包み、京番茶の湯気を吸い込んでいる。色白ですずやかな一重まぶたが印象的な、美しい富士額さんだ。優雅な着物の着こなし方といい、しなを作るような色っぽい歩き方といい、どう見てもただ者ではない。すると、富士額さんがいきなり言った。

「わたくし、いまだ男性というものを存じ上げませんの」

急な展開にどう言葉を返していいのかもわからず、目を泳がせてしまう。ということはつまり、富士額さんは……、などと頭の中で想像していると、富士額さんがひとりで続けた。

「やすなりさんがね、わたくしの恋人ですから。結局、やすなりさんより好きになれる男性には、巡り会えませんでしたの」

富士額さんは、口の中に甘い物でも入れながら喋っているような、ちょっと舌足らずな口調で言った。

「やすなりさん、ですか？」

もしや、あのやすなりさんかと思ったが、念のため確認する。富士額さんは声のトーンを一段上げ、はしゃぐように言う。

「川端康成先生よ。お若いあなたでも、やすなりさんの書いた作品は、ひとつやふたつ、お読みになったことがありますでしょう？」

「あ、はい、そうですね」

私は曖昧に返事をした。

「やすなりさんのことを想像しますとね、こう、胸がぎゅーっと苦しくなってしまいますの。でもその後に、体の髄から甘い雫《しずく》がにじみ出てくるっていうんでしょうか。やすなりさんをお幸せにできるのは、このわたくしを置いて他にいない、と固く信じておりましたので」

　確か、川端康成は最後、逗子《ずし》マリーナの一室でガス管をくわえて自殺したのではなかったか。私が生まれるずっと前の出来事なので、私もそれくらいしか知らない。長く鎌倉で執筆活動を行い、この近所にも、一時期住んでいたと聞いたことがある。晩年は、長谷にある甘縄神明《あまなわしんめい》神社の隣に居を構え、つるやにも通っていたそうだ。いつぞや、魚屋さんで魚を選ぶ目が怖かったと先代が話していたのは、川端康成のことだったかもしれない。

「お住まいは、ずーっと鎌倉なんですか？」

　私がたずねると、

「いいえぇ、生まれ育ったのは関西の方なんですよぉ」

　富士額さんは、語尾を丸めるようにしてはんなり答えた。てっきり、鎌倉の生まれかと思った。そのくらい、富士額さんはこの町の空気になじんでいる。

　富士額さんは、幼少の頃に相次いで両親を亡くし、里子に出され、養父母の元で育ったという。そんな時、富士額さんの孤独にそっと寄り添い、自分の境遇を理解してくれたのがやすなりさんだった。

「シスターみたいなものかもしれません。あの方達は、イエス様に身も心も捧げて、恋愛も結婚もなさらないわけでしょう。わたくしにとりましても、川端先生は神様なんです。先生に、わたくしの人生を捧げるって決めたんです。なのに、あんなお亡くなり方をして……。

　わたくしは、ずっと滋賀で公務員をしておりました。とにかく、お金を稼いで、自立しなくてはいけませんでしたから。若い頃は、縁談のお話もいくつかいただいたことがありますけどね、やっぱり、私にとってやすなりさんよりも魅力的と思える男性など現れなかったんです」

そこで富士額さんは一度言葉を区切り、目を閉じておいしそうに京番茶を飲み干した。

「夢とうつつがごちゃ混ぜになっている頭のおかしなおばさんだとお笑いになるかもしれませんけど、でも、わたくし、本当にやすなりさんを愛していたんです。心の底から。その愛は、今もなお続いているんです」

よく見ると、富士額さんの顔には、いくつもの小さな皺が刻まれていた。それは、富士額さんの人生の、勲章のような気がした。こうと決めた人生を歩むことは、人のせいにできない分、勇気がいる。私は、自分のガングロ時代を振り返りながらそう思った。人から笑われたり、後ろ指をさされたりしても自分を貫くには、不動の覚悟が必要なのだと。

富士額さんは静かに続けた。

「役場を定年退職した後、思い切って、鎌倉に越してきたんです。公務員時代は一切お洒落もしませんでしたし、ひたすら倹約して生きてきましたので、お金の方はなんとかなりました。今はこうして、やすなりさんの暮らしていた町に身を置き、同じ景色を見たり、季節を感じたりすることができて、幸せなんです。

先月から、わたくし、少し早いかもしれませんが、老人ホームに移りましたの。まだ体は問題なく動きますけどね、なにぶん、身寄りがありませんものですから。いざという時、人様にご迷惑をおかけしないで済むようにと思いまして。

でもね、ひとりぼっちって、やっぱり寂しいものなんですよ。特にこの歳になりますとね。こちらでも、何人か、茶飲み友達くらいはできましたけど。ですからね、一月に一通でも、やすなりさんからのラブレターを、わたくし宛に書いていただけたらと思って、うかがったんです」

そこまで話すと、富士額さんは私を見て微笑んだ。

最初は正直、ちょっと頭のおかしな人なんじゃないかと身構えていた。けれど、話を聞くうちに、どんどん富士額さんの気持ちに共感するようになった。

富士額さんが、バッグの留め金を開けて、中から一枚のメモを取り出す。そこには、富士額さんが身を寄せている茅ヶ崎にある老人ホームの住所と、富士額さんの名前が記されていた。

「葉書一枚で十分です。人生の最後に、甘い夢を見せてもらえたら、わたくしは自分の人生に納得して、これでよかったのだ、間違いなかったのだと、丸ごとこの手で抱きしめられるような気がいたしますから」

富士額さんがそう言うということは、まだ迷いがあるからなのだろう。もしかすると自分には、もっと別の人生があったのかもしれない、と思っているのかもしれない。ふと後ろを振り返った時、自分の歩いてきた道の暗さにぞっとしたことは、私も経験したことがある。

富士額さんがツバキ文具店を後にする頃には、もう雪も雨も降っていなかった。色褪せた黄色いカナリアのような色の空が広がっている。誰もが、思い通りの人生を選べるわけではないのだと、富士額さんの小さな背中が訴えている。

後ろ姿を見送っていたら、雪駄《せった》を履いた富士額さんの着物の裾が、あでやかに翻《ひるがえ》った。富士額さんの心意気を、代弁しているようだった。

鎌倉文学館に行って川端康成の直筆原稿を見た帰り、甘縄神明神社に立ち寄った。

内臓までもが凍りつきそうなほど寒い。急な石段をなんとか登り切り、社殿に行ってお参りする。この神社は、鎌倉でもっとも古い神社と言われている。

階段の横に、桜の木を見つけた。玉縄桜《たまなわざくら》だという。こんなに寒いのに、蕾を紅く膨らませている姿がいじらしい。その姿と富士額さんの生き様が、私の中できれいに重なっていた。

くるりと振り向くと、家々の屋根の向こうに海が見える。

川端康成も、きっとここから海を眺めたにちがいない。川端康成にとって終《つい》の住処《すみか》となった日本家屋は、この神社のすぐ下にある。

はーっと息を吐き出すと、煙のように白く濁った。あまりの寒さに、じわじわと涙がにじみ出てくる。

川端康成の字は、期待を少し裏切られた。すべての字が升目《ますめ》の右側に寄っていて、私は長い時間傾いたまま運ばれたお弁当を思い起こした。字も小さく、ちんまりと収まっていた。

原稿の直しだからそうなのかと思ったら、別の部屋に展示されていた私信の葉書もまた、ひょろひょろした筆跡で、自由奔放につるを伸ばすえんどう豆のようだった。このことを、富士額さんは知っているのだろうか。それに比べると、小林秀雄の文字はいかにも小林秀雄という字で、立派だった。

あまりに寒かったので、文学館の近くにあるお菓子屋さんに駆け込んだ。前を通るたびに、この店が気になっていたのだ。

二階のカフェに上がると、他に誰もいなくて、私が独占できる状態だった。窓際のテーブル席に座って、アールグレイを注文する。つられて、苺のショートケーキも頼んでしまった。

見上げると、梁《はり》がむき出しになった天井が、高くて気持ちよかった。両手をリスのようにこすり合わせていると、少しずつ体が温まってくる。

バッグから、来る時に買ってきた鳩居堂の葉書とペンを出してテーブルに置く。鳩居堂の葉書は、わざわざ銀座まで出向かなくても、鎌倉の紀ノ国屋の中で買える。

私は、一気に書き上げた。書く内容は、さっき、由比ヶ浜大通りを歩きながら考えた。

菊子殿

先日の、白い帽子をかぶつた大佛様は、御覧になりましたか。あなたが、風邪などひいてゐないことを願ふばかりです。一生のうち、たつた一人でも、あなたのやうな讀者と巡り合へた自分は、幸せ者です。また書きます。

康成

追伸。寒さを乗り切るには、牛肉を食べるのが一番です。

菊子というのが、富士額さんの本名なのか、それとも富士額さんが自分で自分に付けた名前なのかはわからない。菊子というのは、川端康成が鎌倉を舞台に書いた小説『山の音』に登場する女性の名前である。

川端康成は、『一人の幸福』という短い作品の中で、こんなセリフを書いている。

「一生の間に一人の人間でも幸福にすることができれば、自分は幸福なのだ」と。

富士額さんと川端康成が直接会うことはなかったけれど、富士額さんが川端康成の作品を心から愛し、そのことが生きる支えになっていたのだとしたら、それは川端康成にとっても幸せなことだ。つまり富士額さんは、間接的にであれ川端康成に幸福をもたらした、と言える。富士額さんに、そのことが少しでも伝わったらいいと思った。

切手は、先代のコレクションの中から古い切手を持ってきた。

川端康成が亡くなったのは、一九七二年四月十六日。私が選んだのは、同じ年の二月に札幌で開催された、冬季オリンピックの記念切手だった。黒い服を着た男性と赤いレオタード姿の女性がフィギュアスケートを踊っている。躍動感があって、今にも切手から二人が飛び出してきそうに見える。

それを、お冷の水で指先を濡らして、葉書にしっかり貼りつけた。そして、足りない二円分は、昔の秋田犬の切手で補った。川端康成は犬が好きだったから、きっと切手も犬を選ぶと思ったのだ。

それにしても、川端康成はどうして自ら死を選んだのだろうか。遺書は、見つかっていない。

もしも、もしも本当に富士額さんと会うことができていたら、彼の孤独を丸ごと富士額さんが受け入れていたら、彼の人生の結末は変わっていたかもしれないのに。

残りのショートケーキを食べながら、ぼんやりとそんなことを考えていた。

店から外に出ると、寒さはますます極まっていた。さすがに気持ちが萎え、帰りは由比ヶ浜から江ノ電で帰ることにする。

なみへいで、たい焼きを四つ買った。三つと一つの袋に分けてもらい、一つはバーバラ婦人へのお土産にする。

ポケットに入れて歩いたら、ポカポカとしてカイロのように温かかった。途中で見つけたポストに、富士額さん宛の葉書を投函する。

江ノ電に乗りながら、自分の分をその場で食べたくなったけど、ぐっと堪えた。もう、自分ひとりだけでおいしいものを食べる気になれない。どんなに量が少なくても、ＱＰちゃんやミツローさんと、私は三人で一緒に食べる方がよくなった。そうやって、同じ物を食べていれば、少しずつお互いの距離が近くなり、だんだん似てくるんじゃないかと期待しているのだ。

続・鎌倉七福神巡りには、ＱＰちゃんも参加した。その代わり、男爵とパンティーの息子の子守りは、ミツローさんが引き受けることになる。パンティーは、乳飲み子を残して自分だけ七福神巡りをするわけにはいかないと参加を渋ったらしいが、男爵がなかば強引にパンティーの手を引いてやって来た。

参加者のスケジュール上、前回のようにどんぴしゃで旧正月に行うことは叶わなかったものの、旧正月に近い日曜日、江ノ電の由比ヶ浜の駅からすぐのところにあるフェンロンに集結する。ここは男爵が常連だという町の中華料理屋で、本当に由比ヶ浜の駅からすぐのところにある。駅の構内にあると言ってもいいくらいだ。江ノ電が通るたび、床が小刻みに振動する。

まずはここで腹ごしらえし、それから七福神巡りへ繰り出す計画である。

注文は、男爵に任せた。

全員で餃子をつまみながら、スーラータンメンが出来るのを待つ。こうしてこのメンバーが顔を合わせるのは、バーバラ婦人のお宅で開催されたお花見の会以来である。

あの時、五歳です、とみんなの前で自己紹介したQPちゃんは、七歳になった。もう、マヨネーズをかけなくても、ゆで卵を食べることができる。男爵とパンティーには子どもが生まれ、私とミツローさんは結婚した。バーバラ婦人にも、どうやら最近、新しいボーイフレンドができたらしい。

七福神巡りを再開できるのがよっぽど嬉しいのか、男爵は上機嫌だ。パンティーが制するのも聞かず、ビールのおかわりを頼んでいる。

パンティーは、すっかり肝っ玉母さんになっていた。あの時、父危篤の知らせを受けたパンティーが動転して出した手紙を回収することができ、本当によかった。私も、この年の差カップルの誕生に、一役買っていると思うと嬉しくなる。

「お待たせしましたー」

お待ちかねのスーラータンメンの登場だ。QPちゃんはさすがにひとりでは食べきれないので、ご飯をもらい、そこにスーラータンメンのスープをかけて即席おじやにする。

全員が、無言で麺をすすった。甘辛い餡にからまる麺は鉛筆の芯くらいの細さで、スープには具がたくさん入っている。QPちゃんには少し辛いかと心配になったが、大丈夫そうだ。さっきまで体が冷えていたのに、食べている間から、どんどん体が熱くなってくる。男爵の額にたまった汗を、パンティーがハンカチで拭き取っていた。男爵は、うるさいなぁ、という表情を浮かべながらも、されるがままになっている。

男爵に打ち明けられたことを考えると、私はうっかり涙ぐんでしまいそうなので、今日はあのことを一切忘れることにした。何も聞かなかったのだと、あれは自分の勘違いだと、自分で自分に言い聞かせた。

QPちゃんは、ご飯だけでは物足りなかったようで、麺もおかわりして平らげた。私は、途中でおなかが空いてもいいように、リュックに人数分のニコニコパンを持ってきている。

「では、行きましょうか」

男爵を先頭に、寒空の下、私達は二年ぶりの七福神巡りへと繰り出した。まずは長谷寺で大黒様の御朱印をもらい、ついで御霊《ごりょう》神社へ行って福禄寿様に参拝した。

QPちゃんに、福禄寿ってなぁに？　と質問されて答えられずにいたら、

「福禄寿っていうのはね、福と、禄と、寿、三つすべてを持っている、長生きの神さまだよ」

男爵が助け舟を出してくれる。

「ってことはさ、寿老人とキャラがかぶってるんだ」

「どちらも、長寿のシンボルですものね」

パンティーとバーバラ婦人がそれぞれ言った。

「ちょうじゅ？」

「そう、長生きすることをね、長寿っていうの」

QPちゃんに教えると、

「ポッポちゃん、ちょうじゅしてね」

まっすぐな目で私を見て、そんなことを口にする。

「みんなで、長生きしようねー」

どこかで感情が芽吹きそうになるのをグッと押しとどめながら、私は言った。

男爵にも、パンティーにも、バーバラ婦人にも、ミツローさんにも、そしてQPちゃんにも、みん

なに長生きしてほしいと思った。

御霊神社に行った後、甘味どころに入って一度休憩をとる。

「なんだか食べてばっかりだな」

男爵はそう言うが、

「甘いものは、心の栄養なんですよー」

すかさずパンティーが言い返した。パンティーも、今日だけは母親業を忘れて、純粋に七福神巡りを楽しんでいる。

結局、本覚寺《ほんがくじ》の恵比寿様にお参りできたのは、お寺が閉まる夕方五時のほんの少し前だった。これで、御朱印帳には七福神のうち六つがそろった。あとは小町の妙隆寺《みょうりゅうじ》を残すのみである。

せっかくなので、五時の鐘と同時に、私達はふくやのカウンター席を独占した。神社仏閣を回っている時間より、食べたり飲んだりしている時間の方が圧倒的に長い一日だった。でも、大人の七福神巡りだから、これでいいのだ。何よりも、妻に楽しい思い出を残したいという男爵の望みを叶えることができて、よかった。

途中、ミツローさんも赤ん坊を連れて打ち上げに合流した。赤ちゃんを抱っこするミツローさんを、初めて見た。ミツローさんは、一日一緒にいたことで、赤ん坊と強固な信頼関係を築いている。

「俺が抱くと泣きじゃくるのになぁ」

そんなふうに言って男爵が指を噛むほど、ミツローさんのパパぶりは完璧だった。そして、パンティーが堂々とカウンターで授乳する姿も美しかった。

ふくやを出て、最後はミツローさんも赤ん坊も一緒に全員で妙隆寺まで歩き、そこで七福神巡りは終了した。御朱印はもらえなかったが、きちんと男爵の望みを叶えることができた。

帰りは、バーバラ婦人も一緒だったので、家までタクシーで帰ってきた。ＱＰちゃんはさすがに疲れたのか、私にもたれかかって熟睡している。

今頃男爵は、愛妻と愛息と夜道を歩きながら、何を考えているだろうと想像した。男爵が、一日でも長く家族と過ごせることを祈らずにはいられなかった。

ぼんやりと夜空の星を見ていたら、

「ポッポちゃん、今日は、楽しい一日をどうもありがとう」

バーバラ婦人が、しんみりつぶやく。いつか、遠い未来から今日という日を振り返ったら、きっとものすごく特別な一日になるのだろうという予感がした。今はまだ「最中」なので、それがうまくわからないだけだと。

手紙供養は、今年もつつがなく終了した。

雨宮家は先祖代々続く代書屋ではなかったし、手紙供養も先代が考案した行事だから、もうやめてしまってもいいのかもしれない。でも、やっぱり手紙供養をやめてしまうのは気分が悪いというか、もったいないというか、これもまた、何か世の中の役に立っているというか、とにかく供養してほしいという手紙が送られてくる以上は続けよう、続けるのが自分の使命のように思った。

だって、人に魂があるように、言葉にも言霊《ことだま》がある。だから、きちんとその言霊を天国へ送り出す、というセレモニーは、必要なのかもしれない。おままごとと笑われるかもしれないけれど。

ミツローさんの新しい店も無事にオープンの日を迎え、あのアジフライカレーは、正式に二階堂カレーとしてデビューを果たした。開店祝いに、私は店のお品書きや、看板の文字を書いてあげた。たまに、些細なことで夫婦喧嘩をしてしまうことはあるけれど、そんな時はＱＰちゃんが良き仲裁役となってくれる。

男爵も、元気に好々爺をやっている。私が男爵の代書をするのは、まだ先になりそうだ。一応、文面はぼちぼち考えているけれど、実際その時が来たら、どう気持ちが変化するかわからない。

ただ、便箋を包む封筒には、男爵がオリベッティのタイプライターを試し打ちする時に使った、水色のオニオンスキンペーパーを使おうと決めている。そこには、男爵が打った「I love you」の文字が刻まれている。

そんなことをしたら、俺をはめやがって、と男爵に怒られるかもしれないけど。きっとすべてを知っている運命の神様が、そうさせたのだ。物事は、なるようにしかならないのだから。


少しずつ陽が長くなり、バーバラ婦人の家の裏山には、今年もフキノトウが出始めた。日曜日の朝、QPちゃんとふたりでフキノトウ狩りをする。

「足元に気をつけてねー」

山道をのぼっていく私達を、バーバラ婦人が笑顔で見送ってくれる。私もQPちゃんも、足元に履いているのは長靴だ。

ほんの少し自然に近づいただけで、土の匂いがぐんと増して、生き物たちの息吹をすぐそばで感じる。

「フキノトウ、あった!」

最初に見つけたのは、QPちゃんだ。真っ黒い地面に、なんだか星のような形のフキノトウが咲いている。

「見つけたねー。でも、食べるのは、なるべく花が咲いているのじゃなくて、蕾の方がおいしいよ」

いつか先代に教わったことを、QPちゃんにそのまま伝授する。

「フキノトウの、赤ちゃんってこと？」

「そうだね、フキノトウの赤ちゃんだね」

「じゃあ、お茶の葉っぱと一緒だ」

「そうそう、お茶の葉っぱも、赤ちゃんを摘んだもんね」

何気なく交わした会話でも、QPちゃんはちゃんと覚えている。

フキノトウは、あっちにもこっちにも、ちょこんと顔を出していた。

「モグラさんみたいだよ」

フキノトウをひとつ見つけるたび、QPちゃんが愛おしそうにフキノトウの頭を撫でている。

「かわいいね」

私の目にも、フキノトウがモグラに見えてきた。

小一時間裏山を歩いたら、結構な量のフキノトウがとれる。

「そろそろ、家に戻ろうか」

QPちゃんはまだフキノトウ狩りを続けたいようだけど、そんなにあっても食べきれない。QPちゃんの背中をうながして、再び坂道を下りていく。

「足元滑るから気をつけてね」

そう言うそばから、私がすっ転んだ。ふわりと体が宙に浮き、浮かんだと思ったらストンと尻餅をついていたのだ。こんなに派手に転ぶのは、子どもの頃以来かもしれない。

おかしいのとおしりが痛いのと驚いたのがごちゃまぜになり、気がつくと、ゲラゲラ笑っていた。笑いすぎて、涙までこぼれてくる。実際はほんの一瞬のできごとのはずなのに、なんだか連続して写真を撮ったみたいに記憶が鮮やかだった。

立ち上がって振り向くと、Gパンのおしりが真っ黒に汚れている。

「ポッポちゃん、かえったら、おせんたくしましょうね」

QPちゃんに言われてしまった。

まだおしりが痛かったけど、怪我はしていないようでホッとする。QPちゃんと手をつなぎ、一歩ずつ確かめながら慎重に歩いて下山した。

家に帰って着替えを済ませ、QPちゃんと一緒にお昼を食べてから、フキノトウを水に放ってきれいにする。夜、家族三人で天ぷらにする分を確保し、余ったフキノトウで蕗《ふき》味噌を作った。

私がフキノトウをゆがいてあつあつを刻む間、QPちゃんが、すり鉢でクルミをつぶしてくれる。先代が愛用していたすり鉢をQPちゃんが使っているということが、単純に不思議だった。一切血のつながりなどないはずなのに、先代とQPちゃんが、確実につながっている。なんの変哲もないすりこぎが、リレーのバトンに思えた。

もし先代が生きていたら、QPちゃんとどんなふうに接していたのだろう。

やっぱり、威厳たっぷりのおばあさんだろうか。それとも案外、ひ孫にはあまあまのひいおばあちゃんになったのだろうか。QPちゃんだったら、先代のことも自分の世界に巻き込んで、きっと笑顔にできたに違いない。

でも、ひとつだけはっきりしているのは、私のこの選択を、先代は決して否定しなかっただろう、ということだ。何一つ表情を変えず、「鳩子の好きにしなさい。でも、途中でほっぽり投げるのだけはよしなさいよ」とかなんとか言ったんじゃないかな、と思うのだ。

自分が決めたことは最後まで全うする、というのが、先代の生き方だった。おそらく先代は、まだ生まれたばかりの私を前にした時、この子を厳しく育てようと決意したのだ。そして、その姿勢を最後の最期まで貫いた。それは多分、私がひとりでもちゃんと生きていけるように、という愛情だったのだろう。

だって、先代が亡くなってしまったら、私には助けてくれる人がいなくなる。その時、誰に頼らなくても自立して生きられるように、そう思って私に厳しく接してくれたのだ。

今なら、先代の気持ちも少しは理解できるようになった。もっと早く、私がその視点で物事を考えられるようになっていれば、あんな血みどろの格闘はせずにすんだかもしれない。

丁寧にフキノトウを刻んでから、力を込めてぎゅーっと搾った。

フライパンを火にかけ、ごま油を垂らす。ＱＰちゃんにお願いしていたクルミの方も、いい塩梅《あんばい》に細かくなっている。かつては、私がＱＰちゃんの役だった。先代の隣で、怒られないように必死にすりこぎを動かしていた。

熱くなったフライパンに刻んだフキノトウを放つと、台所の空気が一気に春めいた。

「いい香り」

私が言うと、

「いい香りですねー」

ＱＰちゃんも、大人の口調を真似して言う。

自分はなんて幸せなんだろう。日曜日の午後、こんなにかわいい娘と、家で蕗味噌を作っている。

「あとで、バーバラ婦人にも、お福分け、持っていこうね」

フライパンの中身を木べらでかき混ぜながら、私は言った。外では、春を告げるウグイスの声がする。

その日の夜、ＱＰちゃんが体調を崩した。

日曜日は、家族三人で晩ご飯が食べられる貴重な時間なので、私はいつも以上にはりきって、今朝摘んできたフキノトウや家にあった野菜を天ぷらにした。そして食後、バーバラ婦人にいただいた苺をデザートに食べようと、準備をしていた時だった。

「気持ちわるい」

そうつぶやいた数秒後、ＱＰちゃんが盛大に吐いてしまった。ミツローさんがあわててボウルを持っていこうとするも、間に合わなかった。一瞬、フキノトウに何か悪い菌でもついていたのだろうかと不安になる。けれど、そんなはずはない。

「熱出てるよ。体温計持ってきて」

ミツローさんが、ＱＰちゃんのおでこに手のひらを当てながら言う。

さっきまでふつうに食事をしていたはずなのに、ミツローさんの腕に支えられているＱＰちゃんは、頬を赤くしてぐったりしている。

急いで体温計を持ってきて、脇の下にはさんだ。その間に、ＱＰちゃんの周りの汚れをきれいにする。熱は、三十九度をこえていた。

「どうしよう」

私があわてていると、

「落ち着いて！」

珍しく、ミツローさんが声を荒らげた。服が汚れてしまったので、まずはＱＰちゃんを着替えさせないといけない。それなのに、私はすっかりパニックになり、何度も無駄な動きをしてしまう。これほど具合が悪そうなＱＰちゃんを見るのは、初めてだった。

ＱＰちゃんのおでこに手を当てると、明らかに熱くなっている。けれど、ＱＰちゃんは、寒い、寒いと訴えた。体が小刻みに震えている。

「ベッドで休ませよう。今日は日曜日だし、もう遅いから、明日の朝、様子を見て病院に連れて行こう」

ふつうはきっと逆なのだろう、と思いながら、ミツローさんの言葉を聞いていた。本来、どっしりと構えているべき母親の方が、モリカゲ家ではうろたえている。ミツローさんがＱＰちゃんを抱っこして階段を上がっていく後ろを、私はおろおろしながらついていくことしかできなかった。

「とにかく、しばらく様子を見るしかないね。熱を出すのも吐くのも、子どもにとってはよくあることだから」

無事ＱＰちゃんをベッドに寝かせたミツローさんが、落ち着き払って言う。

「わかった。今日は私、こっちの部屋で寝るね」

私にできることは、そばについていてあげることくらいしかない。

「了解。でも、鳩ちゃんも無理しないで。鳩ちゃんにまで倒れられたら、モリカゲ家が破綻するよ」

「うん、わかってるから大丈夫」

子どもの頃、私はよく学校で熱を出した。その度に、先代が学校まで迎えに来てくれた。そんな時でも、先代は少しも優しくなかった。優しくないどころか、機嫌が悪かった。風邪を引いたり体調を壊すのは、自己管理がなっていない自分が悪いのだと、具合が悪いなか説教された。先代には、私が甘えているというのがお見通しだったのかもしれない。

ＱＰちゃんのベッドの脇に、布団を敷いた。ＱＰちゃんは、顔を真っ赤にしてうなされている。そんなこと、あってほしくはないけれど、夜中に救急車を呼ぶようなことがあっても混乱しないよう、念のため、バッグに保険証や財布、最低限の着替えなどをまとめておく。ＱＰちゃんのおでこに、熱冷まし用のシートを貼りつけた。

ＱＰちゃんの様子が少し落ち着くのを見計らって下におりていくと、ミツローさんが台所の後片付けなどをやっている。

「ありがとう」

私が言うと、

「はるちゃんが初めて熱出して、ふたりであわてふためいたの、思い出したよ」

ミツローさんがしんみりと言った。ふたり、というのは、ミツローさんと美雪さんだ。ミツローさんが自分から美雪さんについて触れるのは珍しかった。

「その時はどんなだったの？」

今、私がいちばん会いたいのは、美雪さんだった。美雪さんに会って、こういう時はどう対処したらいいのか聞いてみたかった。

「冷凍庫に氷がなくてさ、それを僕が責めてしまって、大げんかになったんだ。美雪が走って、コンビニまで氷を買いに行ったのかな。そのことを、思い出してた。まだ数年前のことなのに、すごく昔のことみたい」

外は、雪が降っているような静けさだった。ＱＰちゃんに飲ませる水とコップを用意していると、

「脱水症状になると怖いから、今からオーエスワンを買いに行ってくるよ」

ミツローさんが言った。

「そうだね、その方がいいね。もし、バナナも買えそうだったら、お願い」

免疫力を高めるにはバナナがいいと、先代がよく言っていたのだ。

二階に水を運んでいくと、ＱＰちゃんが苦しそうに眠っていた。さっき着替えたばかりなのに、もう体が汗で湿っている。

乾いたタオルを当て、汗をぬぐった。ＱＰちゃんの体にストローでも滑り込ませて、痛いのや苦しいのを全部私の方へ吸い取ってあげられたらどんなにいいだろう。

そのままの格好で、布団に横になった。自分ではずっと起きているつもりでも、実際は途中で眠っていたのかもしれない。何度目かに起き上がり、ＱＰちゃんの熱を測る。少し下がったとはいえ、やっぱり三十八度もある。

熱冷まし用のシートを新しいのに替え、汗をかいたパジャマを着替えさせた。ほっぺたに手を当てると、まだかなりほてっている。

がんばれ、がんばれ、ＱＰちゃん、がんばれ。

心の中でエールを送りながら、しばらく寝顔を見つめていた。こんな小さな体で、得体の知れない何かとたたかっているのだ。

そういえば、私は一度だけ、入院したことがある。もしかすると、今のＱＰちゃんと同じくらいの年頃だったかもしれない。盲腸になり、手術を受けたのだ。あの時は、さすがに先代も怒らなかった。ということは、やっぱり先代は、私の仮病とそうでないのを、きちんと見抜いていたのだろうか。

今考えると、そうとしか思えない。

ＱＰちゃんのベッドの縁に頭をつけて、いつの間にか眠っていたらしい。目を開けると、ＱＰちゃんが何かうわごとをつぶやいている。

「どうしたの？　大丈夫？」

怖い夢でも見てるのかもしれない。すると、小声でささやくようにある言葉を口にした。私は耳を寄せ、その単語を聞き取ろうとする。

「おかあさん」

確かに、そう言った。

一瞬、美雪さんのことを呼んでいるんじゃないかと思った自分の心に平手打ちする。そんなの、どっちでもいいのだ。美雪さんでも、私でも、どっちでもいい。大事なのは、今、ＱＰちゃんが母親を求めているということなのだから。

「はるちゃん」

夢を見ているＱＰちゃんに、私は言った。

ずっと、その呼び方は美雪さんの専売特許だと思って、避けていた。ＱＰちゃんを産んでいない私は、そう呼んじゃいけないんじゃないかと思って遠慮していた。おなかを痛めて産んでいない私は本当のおかあさんじゃないんじゃないかと、気が引けていた。でも、違う。間違っていたのは私の方なのだと、今、わかった。ＱＰちゃんは、私を求めている。私と美雪さんを、求めている。私は美雪さんであり、美雪さんは私なのかもしれない。どうだっていいのだ、ＱＰちゃんにとって、そんなことは。小さなことにこだわっていた自分が恥ずかしかった。

「はるちゃん」

もう一度、呼んでみた。

たとえ夢の中でも、おかあさんと呼ばれたことが、嬉しかった。もしかしたら、自分じゃなくても、嬉しかった。本当は私、そう呼ばれたかったのだ。自分に芽生えた喜びを知って、私は自分の気持ちにやっと気づいた。そんなこと、どうでもいいと思っていたのは、幼い私の、精いっぱいの強がりだった。

もしかすると先代も、私がおばあちゃん、と呼ぶ日を待っていたのかもしれない。

たくさん汗をかいたのがよかったのか、ＱＰちゃんの熱は三十七度台まで落ち着いた。

早朝、下におりていくと、珍しくミツローさんが早起きして、お粥を作っている。

「おはよう」

後ろからそっと声をかけると、驚いたように振り返った。

「具合、どう？」

「さっき測ったら、だいぶ熱が下がったみたい」

「それはよかった。鳩ちゃんも、少しは眠れたの？」

「多分、細切れにちょこちょこ寝てたと思うから大丈夫よ。それに、今日はお店がお休みだし」

そう言いながら、私はヤカンに水を注いで、京番茶を飲む準備をする。

土鍋から、お粥の優しい匂いがした。

「確か、うちに金柑《きんかん》ってあったよね」

ミツローさんが、冷蔵庫の野菜室を覗いている。

「あると思うよ、この間、レンバイに寄って買ってきたから」

「あった、あった」

ミツローさんが、冷蔵庫から金柑の袋を引っ張り出す。

「でも、それをどうするの？」

私がたずねると、

「お粥に入れるんだよ。もう、さつま芋は入ってる」

ミツローさんが、ふつうに言った。

「えーっ、金柑にさつま芋？　だって、お粥でしょ？」

びっくりして、思わずミツローさんの目を凝視した。

「僕も、最初はびっくりしたんだよ。でも、これが、美雪の実家では具合が悪い時のお粥の定番だったんだって。正式には、レーズンも入るらしいんだけど、さすがにそれは省略しちゃってもいいかなと思って、今日は金柑とさつま芋だけにしたけどね。

美雪は、これが食べられるから、風邪引くのが楽しみだった、って言ってたよ。それで、はるちゃんが風邪引いた時も、何回か作ってあげたんだ」

「喜んで食べたの？」

「もう本人は覚えてはいないんだろうけど、すごくおいしそうに食べたんだよ」

「だったら、作ってあげなきゃ。きっと、美雪さんのおかあさんは、なんとか体に栄養をつけさせようと思って、子どもが喜びそうな甘い金柑とかさつま芋を、お粥に入れたのかもしれないね」

急須に茶葉を入れ、沸騰したヤカンのお湯を注ぐ。ふわりと、秋の枯葉のような香りがする。三人で獅子舞に紅葉を見に行った朝のことを思い出した。

「どうぞ」

しばらく蒸らしてから、ミツローさんのマグカップに一番茶をついで前に差し出す。いつもはひとりで朝焼けの空を見ながら飲む京番茶を、今日はミツローさんと向かい合って飲んでいる。

「ひとつ質問なんだけど」

熱いお茶をひとくち飲んでから、私は言った。

「美雪さんは、陸と海と空だったら、どこが一番好きだった？」

実は、ずっと気になっていた。

「なんだよ、藪から棒に。自衛隊の話かと思っちゃった」

「違うよ、まじめに聞いているんだから、隠さないで教えて。減るもんじゃないんだし」

ミツローさんとふたりで飲む京番茶は、なんだかいつもよりも甘く感じる。

「そうだなぁ、どこか出かけよう、っていうと、海に行きたいっていうパターンが多かったような気がするけど」

「そっか、だから鎌倉も好きになったんだね」

「僕はどっちかっていうと山派だから、たまにはキャンプとかにも行きたいなー、って思ってたけどね。鳩ちゃんは？」

「私は、だんぜん森派だよ。海は、でーんと広すぎて、ちょっと怖いの。山も急に天候が変わったりして、おそれおおい気がする。だけど、森は平気。優しいから。初心者でも、楽しめるでしょ」

「だけど、なんでそんなこと聞いたの？」

「あのね、手紙を書こうと思うの。ちゃんと、私の気持ちを美雪さんに伝えたいな、って。今まで、どこに出したらいいのか、わからなかったのよ。でも、美雪さん海が好きだったなら、手紙を海に出すことにする」

「へー」

ミツローさんが、腕組みをしながら私を見た。

「せっかくだから、ミツローさんも書かない？」

そう私が言ったところで、からからと台所の引き戸が開いて、ＱＰちゃんが現れた。

「わたしも書く！」

まるでなにごともなかったかのように、元気な声だった。

「具合は？　おなか、痛くない？」

私がたずねると、

「早く学校に行かないと、遅れちゃうよ」

QPちゃんが、泣きそうな顔になった。ここまで、QPちゃんは皆勤賞なのだ。

顔色はだいぶよくなっているし、おでこに手を当ててみても、熱はないようだ。けれど、念のため体温計を持ってきて、脇の下にはさませる。昨日の晩の様子を見る限り、今日学校に行けるなんて想像していなかった。

体温計を確認すると、確かに熱も下がっている。

「よし、じゃあ今日も学校に行くか」

ミツローさんの言葉に、

「やったー、ロールキャベツ、食べられる！」

そう言って、QPちゃんがぴょんぴょん跳ねて喜んでいる。そう、今日の給食は、QPちゃんの大好きなロールキャベツなのだ。

「いいよ。もしまた具合が悪くなったら、すぐに迎えに行ってあげるから」

さっきまでしんみりしていた空気が、急に賑やかになってきた。

QPちゃんは大急ぎで着替えをし、顔を洗い、ランドセルに教科書やノートを詰め込んだ。それから、三人そろってお粥を食べる。

金柑入りの芋粥は、よくわからないなりにも、ほんのり甘酸っぱくておいしかった。きっと、美雪さんも喜んでくれている。また、モリカゲ家の新しい一日がはじまった。

美雪さんへ
はじめて手紙を書きます。もう、私が誰か美雪さんには
つつぬけかもしれないけれど、一応、自己紹介をさせて
いただきますね。
私は、守景鳩子といいます。ミツローさんの、二番目の妻に
なりました。
ミツローさんとは、鎌倉で知り合いました。ご近所さんから
交際に発展し、去年の春、QPちゃんが小学生になった日に
入籍しました。来月で、結婚してから一年になります。
私達の間をとりもってくれたのは、QPちゃんです。
QPちゃんといっても、美雪さんにはピンとこないかも
しれません。QPちゃんというのは、美雪さんとミツローさんの

娘です。私は、彼女をこう呼んでいます。
美雪さん、QPちゃんを産んでくださって、本当に本当に
ありがとうございます。まずは、美雪さんにそのお礼を伝え
たくて、この手紙を書いています。
QPちゃんが、私の人生を変えてくれました。彼女が、私を
明るい世界へと導いてくれたのです。
もう、QPちゃんと出会わなかった人生を、想像することが
できません。
でも、そのことに感謝すればするほど、私は美雪さんに対して、
後ろめたさを感じてしまいます。
美雪さん、本当に辛かったね。痛かったでしょう。
たくさんの血を流しながらも、最後までQPちゃんのことを

気にかけていたんだよね。QPちゃんのことを、必死で守ったんだよね。

母親として、美雪さんを心から尊敬します。

初めて美雪さんの書いた文字を見た時、私、なんだか美雪さんのことを前から知っているような気持ちになりました。

あー、私この人のことが好きだな、って直感でそう感じたのです。

会いたかったなあ、美雪さんと会いたかったよ。

ミツローさんを抜きにして、友達になりたかったです。

一緒にお茶を飲んだり、旅行に行ったり、してみたかった。

きっと私達、いい友情を育めたんじゃないか、って、そう思うのです。だって、なんといっても、男の人の趣味が一緒ですから！

ミツローさんをステキだと思う私達って、きっと、すごーく見る目があると思いませんか?
美雪さん、私、QPちゃんのこと、美雪さんと同じように、
はるちゃん、と呼んでしまってもいいですか? 私が本気で、
はるちゃんの母親になってしまってもいいですか?
そうすることは、なんだか美雪さんをモリカゲ家からしめだす
ようで、心苦しかったの。でも、私もちゃんと、名実ともに
「お母さん」になりたいな、って、この間、彼女の看病をしながら、
はっきりそう思ったのです。
どうか、私のわがままを許してください。
私は、モリカゲ家が世界一のキラキラ共和国になれる
ように、精一杯がんばります。キラキラ共和国を、
命がけで、守ります。

もちろん、美雪さんが帰ってくる場所は、いつだって、モリカゲ家に
用意しておきます。約束します。
これは夢物語かもしれないけれど、もしも美雪さんが、
私たちの赤ちゃんになってこっちの世界に戻ってきてくれるなら、
それはもう、大歓迎です！
だから、もしもいつか私が妊娠したら、赤ちゃんを、産んでも
いいですか？
私は、美雪さんの気持ちを一番にしたいな、と思っています。
もう一度言います。美雪さん、はるちゃんを産んでくれて、
本当にどうもありがとうございます。
私、美雪さんのことが、大好きです。これからも、ずっとずっと
好きです。

鳩子

なるべく小さい字で書いたものの、便箋は五枚になっていた。通し番号を入れ、重ねた便箋を筒状にしてくるくる丸める。それを、ボトルレター用の瓶の口から滑り込ませた。

ＱＰちゃんも、ミツローさんも、それぞれ美雪さんに手紙を書いた。ミツローさんは最後まで、僕は筆不精だし、字が汚いし、と書くのをしぶったけれど、最終的には、昨日こたつに入って真剣に書いていた。ＱＰちゃんは、絵入りのメッセージを書いたようだ。お互い、どんな内容の手紙にしたのかはわからない。

四月になった最初の週末、私たちは早起きして、材木座《ざいもくざ》へ繰り出した。

「せーの」

私はボトルレターを海へ、ＱＰちゃんは風船をつけた手紙を空へ放つ。柔らかな春の青空へ、みるみる風船が吸い込まれていく。

「風船おじさ――――ん！」

ＱＰちゃんが、空に向かって叫んでいる。

私も、手紙を入れた瓶の行方を、最後まで見送った。

最初はなかなか波に乗れなくて、再び砂浜に戻ってきそうになったけれど、ボトルレターは意を決したようにして、やがて、すいすいと泳ぐように波の間へと呑まれていく。

ミツローさんが美雪さん宛に書いた手紙は、漂流郵便局に宛てて投函した。漂流郵便局は、宛先の書けない手紙などを受け取ってくれる郵便局で、瀬戸内海に浮かぶ小さな島、粟島《あわしま》のほぼまんなかにある。

海からの帰り道、ミツローさんがぽつりと言う。

「ずっと、恨んできたんだよ。犯人を。お前も、同じ目にあって苦しんで死ねばいい、って、ずっと思ってた」

「当たり前だよ」

私は言った。私だって、美雪さんの命を奪った犯人を、憎んでいる。思いっきり苦しんでから、地獄に落ちることを願っている。

「でもさ」

ミツローさんは続けた。

「どんなに相手の不幸を望んだって、それで自分が幸せになれるわけではないんだ、って気づいたんだ。手紙を書きながら」

ミツローさんの言葉は、私にずしんと重たいものをもたらした。

「生きていくしか、ないんだよね。でもって、犯人に仕返しできるとしたら、それは自分が幸せになることなんだって、気づいたんだ。僕らが泣いてたら、相手の思う壺なんだよ」

海の方から、優しい風が吹いてくる。私達は、ショールのような風に包まれていた。風が、大丈夫だよ、とささやいている。

「はるちゃん」

信号待ちをしながら、私は言った。

「生まれてきてくれて、ありがとう。私ね、はるちゃんをがんばって産んでくれたはるちゃんのおかあさんに、心から感謝しているよ」

当の本人は、意味がわからないのかぼんやり空を見ているけれど、彼女は彼女なりにその言葉を胸の奥にとめてくれたのかもしれない。そんなこと、改まって言うことでもないのに、と感じているような顔だった。

信号が青に変わったので、私たちは再び歩き出す。今頃、ボトルレターは、どの海を旅しているのだろう。富士山はもう見えているだろうか。

「そうだよね、残された人は、生きていくしか、ないよね」

ミツローさんの言葉を噛みしめながら、私は繰り返した。

「レディ・ババさんも、産む時は、必死だったと思うよ」

いきなりミツローさんが言ったので、私は驚いてその場にぽかんと立ち尽くした。

「なんで、知ってるの……」

ミツローさんにだけは、ミツローさんにだけは、レディ・ババのことを口が裂けても言えないと思っていたのに。

「だって、見たらわかるよ、そんなの。この間、お店に来てくれたんだ。その時、一瞬、鳩ちゃんが来たのかと思った。でも、服装が違うから、違う人だと気づいたけど」

「似てないよー」

私は言った。レディ・ババと似ているなんて言われて、心外だった。

「似てるって。ちゃんと、よーく見てみな。確かに向こうは、化粧が濃いからわかりにくいけど。まぶたの感じとか口元とか、瓜二つだよ」

「そんな……」

ミツローさんは、レディ・ババがどんな人か、知らないからそんなことを言えるのだ。

「あんな人に取り込まれないで」

ムッとして私が言うと、

「レディ・ババは鳩ちゃんのおかあさんでしょ。おかあさんとは仲良くしなくちゃダメなんだよ」

ＱＰちゃんが言った。

「そうだよ。どんな相手だって、おかあさんはおかあさんだよ。だって、鳩ちゃんは、今、幸せじゃないの？　その幸せは、体がなかったら、感じられないじゃないか。体を作ってくれたのは、おかあさんだよ。もし鳩ちゃんが、幸せだって思うなら、おかあさんに感謝しなくちゃ、バチが当たるよ。別に、無理に好きになる必要はないんだから」

ミツローさんの言葉にハッとした。

「そっか、無理に好きになる必要はないんだね。でも、感謝することは、できるね」

ずっと胸につかえていた何かが、すーっと下りていくのを感じた。

空を見上げると、キラキラと星が輝いている。真昼の、目に見えない星達が輝いている。その中には、先代も、そして美雪さんもいる。

キラキラ、キラキラ。

私達は、いつだって美しい光に包まれている。だから、きっと大丈夫だ。

私にはキラキラがある。

初出　　小説幻冬　2017年5月号～8月号

ツバキ文具店へのお手紙はこちらへ

〒151-0051
東京都渋谷区千駄ヶ谷 4-9-7
幻冬舎　ツバキ文具店係

〈著者紹介〉

小川糸　作家。デビュー作『食堂かたつむり』が、大ベストセラーとなる。同書は、2011年にイタリアのバンカレッラ賞、2013年にフランスのウジェニー・ブラジエ小説賞を受賞。その他の著書に、小説『喋々喃々』『つるかめ助産院』『あつあつを召し上がれ』『さようなら、私』『にじいろガーデン』『サーカスの夜に』、エッセイ『ペンギンと暮らす』『たそがれビール』『これだけで、幸せ　小川糸の少なく暮らす29ヵ条』など多数。前作の『ツバキ文具店』は、2017年本屋大賞4位を受賞。ベストセラーとなり、NHKでドラマ化される。

ホームページ「糸通信」http://www.ogawa-ito.com

キラキラ共和国
2017年10月25日　第1刷発行
2018年1月25日　第4刷発行

著　者　小川 糸
発行者　見城 徹

GENTOSHA

発行所　株式会社 幻冬舎
〒151-0051 東京都渋谷区千駄ヶ谷4-9-7

電話:03(5411)6211(編集)
03(5411)6222(営業)
振替:00120-8-767643
印刷・製本所:株式会社 光邦

検印廃止

ISBN978-4-344-03193-7 C0093
幻冬舎ホームページアドレス　http://www.gentosha.co.jp/

この本に関するご意見・ご感想をメールでお寄せいただく場合は、
comment@gentosha.co.jpまで。